Sonya

ソーニャ文庫

恋縛婚

山野辺りり

JN190485

イースト・プレス

contents

プロローグ

まだ十歳になったばかりの少年は、棺《ひつぎ》に横たわる母を見つめていた。

沢山の花に囲まれた母は、生前と変わらず美しい。まるで眠っているかの如《ごと》く、穏やかな顔をしている。血の気の失せた顔と唇だけが、彼女がもうこの世にいないのだと知らしめていた。

「ローレンス、お母様に最後のご挨拶《あいさつ》をしなさい」

父に促《うなが》され、少年は一歩前に進み出る。一輪の花を小さな手で握り締め、つい数日前まで微笑んでくれていた母の顔を覗《のぞ》き込んだ。

「……さようなら、お母様」

聡明《そうめい》な少年は、死がどういうものなのかきちんと理解していた。二度と会えなくなること。永遠の別れ。とても悲しく耐え難いけれど、避けては通れない別離。

母の好きだった花を彼女の胸元に置き、心安らかに旅立てることを祈る。涙は、見せない。幼くても自分が伯爵家の息子である誇りが、みっともなく泣きわめくことを許さなかった。それに、我が子が情けない姿を晒していては母も安心して眠れまい。

「お前はしっかりしたいい子だ。自慢の息子だよ」

父は毅然《きぜん》とした少年の態度に満足したのか、頭を撫でて褒めてくれた。そして棺の傍らに跪《ひざまず》き、妻を見守る。短くはない時間、彼は動かなかった。いや、悲しみが大きすぎて動けなかったのかもしれない。黙したまま瞳を潤《うる》ませ、喉を震わせていた。

「……これは罰なのだろうか。私が犯した罪への」

掠《かす》れた呟きに、少年は瞬いた。

両親は子供の眼から見ても、とても仲睦《なかむつ》まじく心から愛し合っているようだった。家格の違いや年齢差があるとは思えないほど、いつだってお互いを大切にして尊重し合っていたのだ。だからこそ、『罰』や『罪』という不穏な言葉に驚いてしまった。刑罰とは悪事を働かねば受ける必要のないものだ。

優しかった母と、厳格ながら情の深い父との間に、問題も揉め事もなかったと思う。少なくとも、少年は知らない。記憶にある両親は、喧嘩《けんか》もせず、見ているこちらが恥ずかしくなるほど相手への愛情を隠そうとしていなかった。

それなのに何故。清廉潔白な父の発言とは到底思えず混乱したが、肩を落とした彼に問いかけられる雰囲気ではない。

戸惑う我が子の様子に気を配る余裕もないのか、父親は固く瞳を閉ざした妻だけを見つめていた。

ただじっと。狂おしい眼差しに、絶望と虚無《きょむ》を湛《たた》えて。

「……君の心を無理やり縛りつけることはできても、魂までは私に留めることはできなかったらしい……」

「……お父様？」

十代半ばの子爵家令嬢だった母は、アンカーソン伯爵位を継いだばかりの父に熱烈な求愛を受け嫁いだ。二人の年齢差は十五歳。貴族社会では珍しいことではないけれど、まだ年若い花嫁に反対の声もあったという。

特に父側の親類縁者は良い顔をせず、最初は母が拒んだせいもあり大反対されたそうだ。だがいつしか二人は惹かれ合い、更に両家にとって好条件を父が示したため、ようやく結婚を許された。

以来、本当に幸せな家庭を築いてきたのだ。

「許してくれ……エレイン。それでも君を愛している」

母の左手を取った父は、ほっそりとした薬指から指輪を抜き取った。それは母の宝物。毎日欠かさず身に着けていた、金の台座に大粒な紫色の石が輝くものだった。やや古めかしい装飾が施されたその指輪は、父が贈ったものであると少年は聞かされている。

「お父様、どうなさったのですか?」

何年も指輪が嵌《は》められていたせいか、母の指には跡が残されていた。白くへこんだ場所に口づけし、父は大切そうに指輪をしまう。

思い出の品であるから、一緒に埋葬するのが躊躇《ためら》われたのかもしれない。しかし少年は、母が大事にしていたものだから、共に埋めた方がいいのではないかと思っていた。

「……これは、代々アンカーソン伯爵家に伝わるものだ。いずれお前が大人になったら、妻に迎えたい人に渡しなさい」

もの言いたげな息子の眼差しに気がついたのか、父は力なく笑った。だがまだその時ではないと呟き、睫毛《まつげ》を伏せる。彼はこの数日で一気に老け込んだようだ。愛しい妻を喪って、すっかり精神的に消耗《しょうもう》してしまったらしい。

白いものが混じる頭髪は丁寧に撫でつけられていたが、心痛を表しているかの如く一筋額に落ちかかっていた。

「……すまない、エレイン。私には、今日までこれを外してやれる勇気が、どうしてもなかったんだ」

父が何を謝っているのか、まだ子供である彼には分からない。けれど問いかけてはいけない雰囲気であると察せられる程度には、大人びたところがあった。

指輪を失った母は、どこか不完全に見える。いつもあったものがなくなったせいで、見慣れていないからかもしれない。薬指に刻まれた痕跡だけが、何か奇妙に感じられた。

「……ローレンス、アンカーソン家の男はとても罪深い。他者の心を縛りつけることがどれだけ罪深いか分かっていても、己の欲に抗うことができないのだから……」

「どういう意味ですか？」

「いつか……必ずお前にも理解できる時が来る。――それが救いなのか悲劇なのかは、ローレンス自身が決めなさい」

伴侶《はんりょ》という半身を喪い重々しく息を吐いた父は、これ以上説明する気がないのか、妻の顔だけを凝視し、愛おしげに頬を撫でている。ローレンスは問いの答えを得ることを諦め、母に眼を戻した。

鐘《かね》の音が響く。

間もなく母の棺が地中深く埋められる時間だ。蓋《ふた》が閉じられ、釘が打ちつけられるのを、少年は眼を逸らさずに見つめ続けていた。

全てが終わり、ふと見上げれば曇天《どんてん》。

悲しみを消化しきれず、上手く泣くことができない父子の代わりに、雨が降ろうとしていた。

1　姉の手紙

お願い、誰か嘘だと言って。

ブリジット・レミントンは声には出さず強く希《こいねが》った。もう何度目か分からない。

立っているのが精一杯の震える足に力を込め、どうにか意識を手放さないよう瞬きする。

頭を振ってしまうとひどい吐き気がするので、深く呼吸を繰り返し、懸命にその場に留まっていた。

眼前には、黒の世界。

大勢の人が纏う衣服は勿論《もちろん》、空気までもが暗く淀《よど》んでいる気がする。流れを失った水が、悪臭を放ちながら腐っていくようだ。

「可哀想にねぇ……まだお若いのに」

「二十歳だったかしら？　そろそろご婚約のお話もあったのでしょう？」

「ご病気？　それとも事故？」

「しっ！　お静かに……これは本当は秘密なのだけど、実は……」

静寂に満たされた教会の中では、ごく小さな声でも耳が拾ってしまう。それとも自分が過敏になり、ありもしない噂話の幻聴を聞いているのだろうか。現実感を失ったブリジットには、判然としなかった。

数日前、二つ年上の姉、ブレンダが亡くなった。

美しく聡明で、心優しかった自慢の姉。子供が娘二人しかいないレミントン子爵家を継ぐため、婿を取ることを決められていた姉は、ブリジットにとって憧れの存在だった。

黄金の髪に水色の瞳。整った顔立ちには知性が滲んでいた。誇り高く、慈善事業にも積極的で慈悲深く、男性顔負けの知識を有し、自分に厳しく他者には優しい。まさにレディと呼ぶに相応しく敬愛せずにはいられない人。年齢はたった二歳しか違わないのに、何もかもが優秀で嫉妬《しっと》さえ起きないほどに完璧な淑女だった。――そんな彼女が亡くなったのだ。

病気ではない。不幸な事故でもない。

あの日、彼女と交わした会話は少ない。日課となっているお茶の時間。父と母は出かけていて、屋敷には姉妹二人だけだった。天気のいい穏やかな午後。テラスにテーブルを用意して、向かい合って腰かけていた。

『――ねぇ、ブリジット。私がローレンス様と結婚したら貴女はお祝いしてくれる？』

姉からのそんな突然の問いかけに驚いて、一瞬答えに窮《きゅう》してしまったのには深い意味はない。おかしな沈黙は、一呼吸後に埋められた。他ならぬブリジットの明るい声で。

『当たり前です、お姉様！　私は誰よりも祝福するに決まっています』

満面の笑みで頷く姿に不自然さはなかったと思う。少なくとも、自分では微かな動揺を上手く糊塗《こと》できたと信じている。

ついにこの時が来たのだと複雑な感情が胸をよぎったが、そのことから眼を逸らし、飛び跳ねる勢いでブレンダの手を握った。

『おめでとうございます。幸せになってくださいね』

息苦しさを感じながらもブリジットは微笑み続けた。

『お祝いは何がよろしいですか？』

『まだ気が早いわ。そんな話ではないの……ただ、聞いてみたかっただけよ』

苦笑する姉の様子を見て、自分が前のめりになっていることに気がついた。慌てて椅子に座り直せば、ブレンダが女神の如き容貌を綻ばせる。

――ああ……目鼻立ちは似ていると言われるのに、どうして私はお姉様のような気品や華やかさがないのだろう……

きっと内面の清廉さが段違いなのだ。滲み出る空気の違いに、ブリジットはうっとりと彼女に見入った。

　こんなにも素晴らしい女性が傍にいれば、『彼』が心惹かれるのも無理はない。いやむしろ、もっと早い段階でこの結論に至らなかったことが不思議なのだ。本当なら、ブレンダが社交界デビューした時点かその前に、婚約が纏まっていてもおかしくはなかった。

『私、お姉様の花嫁衣装を見るのが楽しみです。きっとローレンス様も……』

『ふふ……あの人も、そう思ってくれるかしら……ああ、ブリジット。この話はお父様たちには内緒よ。本当にまだ具体的なことは何一つ決まっていないし、進んでいないの』

『ええ、分かりました。一日も早く、おめでたい報告が聞けることを心待ちにしています！』

　任せてくれと胸を張るブリジットに、姉は少しだけ寂しそうに瞳を伏せた。それは、恋をして幸せの絶頂にいる女性が見せる表情ではない。愁《うれ》いを帯びた眼差しを怪訝に思い、ブリジットは首を傾げた。

『……お姉様……？』

　だがその表情は瞬きする間に消え失せていた。眼前にいるのは、普段通り穏やかに微笑む敬愛する姉。優雅な所作でカップを口に運ぶ彼女を見ていたら、ブリジットの中にあったもやもやとした感情など、霧散《むさん》してしまった。

　明るい日差しに、美味しいお茶とお菓子。平和そのものの光景。

きっと自分の見間違いだったのだと結論付け、ブリジットは甘いお菓子を摘まんだ。あまりにも無邪気で愚かな子供だ。もしもあの時、抱いた違和感をそのままにせず、突き詰めてブレンダに問いかけていたら。きちんと彼女と向き合っていたなら、別の未来があったかもしれないのに。

何も感じ取ることができなかった自分は、いつもと同じようにお茶を楽しんだだけだった。お喋りの内容はたわいないものばかりで、今ではもう詳しく思い出せない。ブレンダと過ごす最後のお茶会だった時間は、こうして無為に消費されてしまったのだ。

そうしてあの日の夜、最初にブレンダの異常を発見したのはブリジットだった。今思えば、何か予感していたのかもしれない。借りていた本の続きがどうしても気になって、夜も更けた刻限に彼女の部屋を訪れた。

ノックの音に返事がないことを訝しみ、扉を開き――――そして、後悔した。

部屋の中央に設えられた豪奢なベッドに、ブレンダは仰向けに横たわっていた。それだけなら見慣れた光景だ。仲のいい姉妹は頻繁に互いの部屋を行き来していたし、時には同じベッドで一緒に眠ることもあったから。

ただ、赤黒い色彩と、その場に似つかわしくない鉄錆《てつさび》の臭いが、ブリジットに違和感を抱かせた。何よりも、普段よりずっと白い姉の肌色が、異常事態を声高に叫んでいた。

床に落ちた禍々《まがまが》しい刃物。半眼になった、虚《うつ》ろな瞳。

状況を把握するのに、時間がかかったのは仕方ない。現実を受け入れられるまで、ブリジットは呆然と立ち竦《すく》んでいた。何をどうすればいいのか、全く分からなかった。悲鳴も上げられず放心している間にも、白いシーツは忌まわしい赤に染まってゆく。

広がる色は、そのまま姉の命が失われてゆく証に他ならない。異変に気がついた使用人たちが集まってきた頃、ブリジットは自分が絶叫を上げていることに初めて気がついた。

ひび割れた悲鳴が響き渡る。煩《うるさ》い。煩い。どうか黙って――

「――ブリジット？」

暗い記憶の海を漂っていたブリジットは、小さく名前を呼ばれ我に返った。ハッとして傍らに眼をやれば、父が憔悴《しょうすい》しきった表情でこちらを見ている。その横には、今にも倒れてしまいそうな母が支えられていた。

「ブレンダに、最後のお別れをしなさい」

握り締めた花に視線を落とし、自分の番だと思い至る。棺に一歩近づき、持っていた花をその中に置いた。

棺の中に横たわる姉は、化粧を施されているおかげか多少血色が良いように見えた。まるで本当に眠っているみたいだ。深々と抉《えぐ》られていた首の傷は、花とドレスで巧みに隠されている。

だから、家族と医師以外は誰も本当のことを知るはずがない。先ほど聞こえた噂話も、良識ある人々がこんな場所でするはずのないものだから、空耳でしかあり得ないのだ。

――そうよ。清く正しかったお姉様が、あんな真似をするはずがないわ。全ては悪い夢に決まっている……

可哀想なブレンダ・レミントン。若く美しいまま、不幸にもこの世を去ることになった哀れな娘に、きっと誰もが同情し、死を惜しんでくれている。ここに眠る姉は、大勢の人々に愛され死を悼《いた》まれるべき存在なのだから。

――お姉様は決して、自ら死を選んだ重罪人ではないわ。

この国の民が信じる神の教えにおいて、自殺は罪だ。天国の門をくぐれなくなり、永遠にその魂はさまよい、地獄に堕ちるとされている。

ブリジットはあの日見た光景を頭から強引に振り払った。無理やりにでも、不運が重なった結果なのだと思いこみたい。きっとブレンダは、誤ってナイフで己の首を傷つけてしまっただけなのだ。そうでなくてはおかしい。

何もかもが悪い夢。明日眼を覚ませば、いつも通りの毎日が始まるはずだ。

儚《はかな》い夢想に逃げかけたブリジットは、視界の隅に捉えた一人の男性の姿に息が止まった。

柔らかな茶の髪に、神秘的な紫の瞳。少し鋭い眼差しは、長い睫毛に縁どられ魅惑的な陰影の下に伏せられていた。意志の強そうな眉毛に通った鼻筋。薄い唇はやや酷薄そうだが、癖《くせ》のあるふわりとした髪質のせいか、全体的な印象が和らげられている。

並外れて整った容貌は今、悲哀に染まっていた。いつもなら、高い身長とバランスの取れた逞《たくま》しい身体を持つ彼は、女性の視線を一身に集めるが、今日ばかりは軽々しく声をかける者もいない。むしろ遠慮するかのように、皆距離を取っていた。

ローレンス・アンカーソン。レミントン子爵家の隣に領地を持つ、昔から家族ぐるみで懇意にしているアンカーソン伯爵家の三男だ。現在は王都に住み、友人たちと興した会社を経営しているらしい。

ブリジットにとっては兄のような存在であり、姉の恋人であった人。

「……もしかして、あの方が？　……お可哀想に……」

潜められた今の声は、たぶんブリジットの幻聴ではない。誰かが、現実に囁いた言葉だ。さざめく気配が、彼を憐れんでいるのを感じる。恋人に先立たれた美貌の青年を痛ましく見遣る視線さえ感じ取れた。

二十歳になり、婿に入ってくれる結婚相手を探す子爵令嬢と、彼女より四つ年上で優秀な伯爵家の三男。子供の頃からお似合いと言われていた幼馴染の二人。いずれは手を取り合うものと、誰もが思っていた。

当人たちも意識していたのだと思う。少なくともブリジットはそれを疑うことなく、ローレンスが義理の兄になるのを心待ちにしていたのだ。淡い想いを封印し、微かに感じた心の痛みは見て見ぬ振りをして。

こちらの視線に気がついたのか、彼と眼が合った。小さく頷いてくれたことにほんの少し救われる。ローレンスの抱える痛みは自分以上かもしれないと思い、ブリジットも僅かに顎を引いた。

幸せな花嫁になるはずだったブレンダが、何故あんなことになったのか、彼なら知っているだろうか。しかし問うためには姉の死に様を説明しなくてはいけなくなる。とてもそんなことはできないと思い、ブリジットは瞑目した。

やがて棺は閉じられ、釘が打ちつけられる。墓所への道中は誰もが無言だった。皆沈痛な面持ちで下を向き、涙を堪えている。沢山の友人に恩師や親戚。ブレンダがこんなにも多くの人に愛されていたことを、ブリジットは改めて知った。

自慢の姉。いっそ代われるものならば代わりたい。

――きっと妹の私が死ねば良かったと思っている人は沢山いるはずよ……もしかしたらお父様たちだって……ローレンス様も。

誰よりも、ブリジット自身がそう感じていた。

大勢の人々に見守られながら、悲劇の令嬢が眠る棺は地中深くに置かれた。かけられる土の音が冷たく響き、嗚咽《おえつ》があちこちから漏れ聞こえる。その様子を、ブリジットはただ見つめていた。祈りの言葉で締めくくられても、いつまでも動くことができないまま、じっと。

もはや立っていられなくなった母を連れ、父は先に屋敷へ戻った。参列者も一人二人と帰ってゆく。誰かに一緒に行こうと言われた気もするが、ブリジットはよく覚えていない。夕暮れが迫る中、いつまでも墓の前に立ち尽くしていた。

「……いつまであそこにいる気かしら……？　しかも妹のくせに泣きもしないのよ。最近落ち着いたと思っていたけれど、あの子はやっぱり変わり者ね」

聞こえた嘲《あざけ》りは、幻聴か現実か。もう、どちらでもいい。

ブレンダがいないことに比べれば、何もかもが些末なことだ。

昔から、ブリジットは少しだけ周りから浮いていた。

幼い時分は一日中虫を眺めて過ごすような変わり者で、両親が大層心配したほどだ。今こうしてブリジットが普通の令嬢として振る舞えるようになったのは、努力の賜物だと言っていい。

――それにお姉様が事あるごとに助けてくれたから。

何事も人並みにできない妹に、姉はいつだって笑顔で手を差し伸べ、寄り添い導いてくれた。根気強く常識を説き、淑女になるべく訓練にも付き合ってくれた。

そんな優しいブレンダは、もうこの世界のどこにもいないのだ。

ぺたりと地べたに膝をついたブリジットは、喪服が汚れることも気にせず、その場に横になった。隣の地中には、姉が眠っている。だからこれは添い寝だ。

姉とはよく一緒に眠ったから、何も不思議ではない。むしろ遠く離れて眠る方が不自然な気さえした。他人から見れば、頭がおかしくなったのかと眉をひそめられるに違いないが、今のブリジットには他者からの評判など心底どうでもいい。

喪ったものの大きさに立ち竦んで、もう一歩も動けなかった。

──本当に、このまま眠ってしまおうかしら……起きたら、全て元通りになっていればいいのに……

土の冷たさが気持ちいい。手も頬も汚れてしまったが、洗えばいいだけのこと。嘲笑《あざわら》うなら好きにしてほしいと思い、ブリジットは眼を閉じた。

「──そんなところで横になったら、身体が冷えてしまうよ」

誰かが傍らに膝をつく気配がし、ブリジットは重い瞼を抉じ開けた。

「……もうお帰りになったと思っていました」

「君を残して行かないよ」

そこにいたのは、ローレンスだった。まさか、動こうとしないブリジットをずっと見守ってくれていたのか。

「ローレンス様、汚れてしまいます」

自分のことはどうでもいいが、彼の皺《しわ》一つない綺麗な服に土がつくのはいただけない。

ブリジットは慌てて起き上がり、ローレンスのトラウザーズを払った。

「ブリジットの方がひどい有り様だ」

　頬や髪を拭《ぬぐ》われた後、子供のように抱き起こされた。幼い頃何かに夢中になって、家に帰らないでいたところを、迎えに来てくれたのと同じだ。そんな時はいつもブレンダと彼が探しに来て、ローレンスに抱き上げられてブリジットは回収されたのである。

　懐かしい。だが、今日からは姉がいない。もう二度と『やっぱりここにいた。みんなに心配をかけちゃ駄目よ』と言ってくれる人はいないのだ。

「……ブレンダから離れ難いのは分かるけれど、君をここに置いて行くわけにはいかないよ。一緒に帰ろう？」

　そんな台詞も、幼い頃を思い起こさせる。

　潤んだブリジットの視界の中、ローレンスが悲痛に顔を歪めた。

「君までいなくならないでくれ」

　抱き寄せられ、背中に回された彼の腕が震えている。悲しい、寂しいと、全身で訴えられているのが分かった。

「……ローレンス様っ……お姉様はどうしてっ……」

「流行り病にかかるのは、不幸なことだ。誰のせいでもないよ」

　対外的には、ブレンダは病没だと発表されている。故に彼も真相は知らないはず。だから死の原因を彼に聞いても仕方ないのに、危うく口にしそうになったブリジットは唇を噛《か》み締めてどうにか耐えた。

「やっぱり身体が冷たくなっている……風邪を引いたら大変だ。一緒に帰ってくれるね？」

「怒らないのですか……？　お姉様の葬儀の日に、こんなおかしな真似をして」

親族が墓所で寝そべっているなんて、異様な光景だと分かっている。しかも辺りは夕闇が迫りつつあった。薄気味悪い娘だと噂がたてば厄介なのに、ブリジットはどうしてもこの場から離れ難かったのだ。

「怒る理由がないよ。だってブリジットはブレンダを一人にできなかっただけだろう？　優しさからの行為を叱るなんて、愚かなことだ」

分かってくれているのだ、この人は。

感激が胸に広がり、涙になって一気にブリジットの両眼から溢れた。理解を示してくれる人が傍にいることがこれほど心強いとは。これまで一番近くにいてくれたブレンダを喪って、自分は心細くて堪らなかったのだ。

本当は寂しかったのは自分の方。

悲しくて苦しくて、どうしていいのか全く分からなくなっていた。

しっかりと抱きしめられ、ローレンスの温もりが伝わってくる。本当なら姉のものであるはずの人の体温に包まれ、ブリジットは涙を一筋流した。

「大丈夫、誰も見ていない。大声で泣きわめいても、咎める者などいないよ」

「でもっ……淑女は静かに泣くものです……っ」

少しでも感情が溢れてしまえば、もう抑えられない。箍《たが》が外れ、人目も憚《はばか》らず咽《むせ》び泣いてしまう予感があった。だからブリジットはこれまでずっと耐えてきたのだ。現実味がなかったことも理由の一つだったが、『おかしな子』として両親や亡き姉が笑い者にならないように。

「そんなことは気にする必要がない。ここには、僕しかいないよ」

頭を撫でられ、もう限界だった。抑え込んでいた諸々が一斉に溢れ出す。声を殺すことも、嗚咽を呑みこむこともできない。彼の胸に顔を埋め、ブリジットは思いっ切り泣いた。誰にも憚らずしゃくりあげているから、きっと顔はぐちゃぐちゃだろう。

暗くなった墓所で女の泣き声が聞こえてきたら、さぞや恐ろしいに決まっている。だが今は常識も世間体も考えないことにした。

心に溜まった苦しさを全部吐き出し、短くはない時間、思うさま涙をこぼす。その間、ローレンスはずっとブリジットの頭や背中を撫で続けてくれた。時にはつむじにキスを落とし、何も言わずに慰めてくれた。

それがどれだけ嬉しかったか。

ありがちな『時が解決してくれる』とか『しっかりしなさい』などという言葉を今は聞きたくなかった。言われなくても、ブリジットにだって重々分かっているからだ。

いつまでも嘆き悲しんで蹲《うずくま》っているわけにはいかない。父と母を支えられるのは残された娘である自分だけ。だから、思い切り泣くのはこれが最初で最後だ。

彼の腕の中でだけ、ブリジットは久しぶりに素のままの自分になれた。明日からまた、レミントン子爵令嬢として相応しく振る舞う。だから今日だけは、『変わり者』のまま受け止めてほしかった。

「ごめんなさい……っ、ローレンス様……っ」

「謝る必要はない。君は何も悪くないし、そのままでいい」

「お姉様もよく同じことを、言ってくださいました……っ」

だから恥ずかしがらなくていいのよとも言ってくれた。心の拠り所だった人を亡くして空虚になった心を、彼が埋めてくれる。ブリジットが欲しい言葉をくれ、求める温もりを分けてくれた。

――ああ、私は独りじゃない……

ブリジットはひとしきり泣いた後、落ち着いてからローレンスに屋敷まで送ってもらった。相変わらず邸内は悲しみに沈んでいたけれど、思う存分気持ちを吐き出せたせいか、少しだけ楽になれた気もする。

もしも彼がいてくれなかったらと想像し、ゾッとした。ひょっとしたらずっとまともに泣くことさえできず、絶望の中をのたうち回っていたかもしれない。苦しいことに変わりはないが、前を向く力を取り戻せたことは間違いなかった。

「……ありがとうございます……ローレンス様……」

ローレンスと別れ、自室に戻った後、ブリジットはしばらくぼんやりしていた。

静まり返った屋敷の中に、ブレンダの気配はない。いつもなら隣の部屋から感じられる存在が、本当に失せてしまっていた。

何もする気になれずベッドに転がり、着替えもしないで無意味に寝返りを繰り返す。

何故姉は誰にも相談してくれなかったのか。家族の誰も彼女が死を望むほど追い詰められ苦しんでいたなど、考えもしなかった。彼女の苦悩を理解しようとせず上面《うわつら》だけを見ていたのか。悩みを打ち明けるに値しないとブレンダは思っていたのだろうか。

――まるで光のない夜がずっと続いているみたい……

天井へ視線を泳がせたブリジットは、そのまま理由もなくチェストへ眼差しを移動させた。数度瞬きをして、最終的に視線が落ち着いたのは繊細な柄が施された蒔絵《まきえ》の小箱だ。

それは今年、ブリジットの誕生日にブレンダがプレゼントしてくれたものだった。この小箱は対《つい》になっており、もう一つは姉が持っている。『お揃いね』と喜んだあの時が懐かしい。

思い出せば涙が滲み、ブリジットはそっと目尻を拭った。

あの頃にはもう、彼女は大きすぎる悩みを持て余していたのだろうか。けれど思い返してみても異変は思い当たらない。覚えているのは、姉と同じものを所有している誇らしさと喜びに、胸を高鳴らせていた自分のことだけだ。

どうしようもなく愚かな子供だ。だからこそブレンダは何一つ打ち明けることなく、一人で旅立ってしまったのかもしれない。

姉は自殺などしないと信じつつも、ブリジットの乱れた思考は奇妙に納得していた。自分でも何が本当なのか分からない。考えることさえ今はしたくなかった。結論を見つけたくなくて無意識に恐れているのだと、薄々勘づいている。

気怠く身を起こし、ブリジットはチェストの前まで歩み寄った。宝物である蒔絵の小箱をそっと手に取る。

とっておきの逸品だから、中には何も収めていない。これほどの品に相応しいものが、まだ自分には思いつかなかったからだ。いつかこの小箱に負けないほど大切だと思えるものができた時に、容れ物として使おうと心に決めていた。たとえば、結婚を誓った恋人から貰った指輪などを飾れたらと――

「……そんな日は、きっともう来ないわ……」

あの姉でさえ叶えられなかったことを、自分如きが実現できるはずはない。幼い時から変わり者と揶揄《やゆ》され、なかなかちゃんとした淑女になれなかったブリジットには、両親も期待していまい。

子供っぽい夢想に自嘲《じちょう》し、ブリジットは手にしていた小箱をもとの場所に戻そうとした。

その時、空っぽのはずの箱の中で、カサリと何かが動く気配がした。

不思議に思い、軽く左右に振ってみる。すると箱の中で、軽いものが移動する音がした。紙だろうか。耳を澄まさねば聞こえぬ程度のものだ。

「……？」

特に何も考えず、ブリジットは蓋を開けた。内側には更に小さな小箱が収められており、どれも違う絵柄が施され、息を呑むほど美しい。そのうちの一つ、鳥が描かれたものの中に入れた覚えのない紙片を見つけた。

小さく折りたたまれた白い紙は、ブレンダに貰った時にはなかったものだと断言できる。今年の誕生日に贈られた際に本当に嬉しくて、何度も開けたり閉めたりして一日中愛でていたからだ。

「まさか……」

ブリジットは奇妙な焦燥《しょうそう》に駆られながら、たたまれた紙片を開いた。

中に並ぶ文字に、息を呑む。流麗なその文字は、これまで何度も眼にし、手本にしてきた優美な姉の筆跡に間違いなかったからだ。

「お姉様……？」

何故、今ここに、こんなものが。それもまるでひっそりと隠されるように。

煩《うるさ》く鳴る心臓の音で、ブリジットは大きく喘《あえ》いだ。その拍子によろめいてチェストにぶつかってしまったが、痛みは感じない。ただグラグラと視界が揺れている。文字を追う瞳は安定せず、吐き気を伴う眩暈《めまい》に襲われていた。

「……っ」

震える両手に力を込め、ぶれる字面《じづら》に目を凝らす。所々インクが滲んでいるのは、ブレンダが泣きながら手紙を書いたからだろうか。そう思いよく見てみると、普段よりも乱れた筆跡が、彼女の心情を雄弁に語っているように思えた。

「……嘘っ……」

長くはない手紙は、すぐに最後まで読み終わってしまう。だが上手く頭に入ってこなくて、ブリジットは何度も読み返した。だが、これは何かの間違いだと心が叫び、手紙の冒頭に戻る度、ブレンダの手によるものだと納得せずにはいられなかった。

何故なら、二人だけの秘密の印が描かれていたからだ。

姉から妹へを意味する、ブリジットが一番好きな蝶《ちょう》の絵。それが片隅に小さく描かれている。紙片から立ち上るのは、ブレンダが最近好んで使っていた香水の香り。その二点でもう、紛れもなく姉が自分に残してくれたものだと分かった。

誰かの偽造ではあり得ない。そしてさほど昔に入れられたものでもないだろう。

日付はない。宛名も差出人も書かれてはいない。それでも確実にブレンダ自らが書き、ブリジットがいつか気がつくことを願って残されたものだ。おそらく死の間際に――

「嫌っ……」

両足から力が抜け、ブリジットはその場にくずおれた。床に手をつき、もう一度手紙を確認する。何度読んでも同じ。だが残酷すぎる内容に全身の震えが止まらない。

血塗れの姉を眼にした時から、ずっと悪夢の中を漂っている気分だった。けれどそれはまだマシな方であったらしい。もっと深く昏い地獄が待っているなどとは想像もしていなかった。

受け止めきれない。信じたくない。

僅か数行の手紙の中には、一人の名前が記されていた。ブリジットはその名を指でなぞり、ゆっくり息を吐き出す。

ふいに姉の香りが強くなったのは、気のせいか。吸い込んだ空気に、ブレンダを感じた。勿論、周囲を見回してみても彼女はどこにもいない。当たり前だ。姉の魂は既に旅立ち、残された肉体も地中で眠っている。

心の悩みを誰にも打ち明けることがなかったブレンダ。死の理由も原因も、全て不明のまま。だがそれらの答えが、一枚の紙には書かれていた。

――『ローレンス様が私を弄《もてあそ》び、どこにも嫁げない身体にしたのに、何故私を捨てるの？　貴方の言葉を信じ、純潔を捧げた私が愚かだったというの？　裏切者』――

頭を殴られたかのような衝撃に、座っていることさえ億劫に思えた。ブリジットは半ば床に突っ伏して肩で息をする。

滲んだ視界には、折り跡のついた紙。ざらりとした質感とブレンダの香りが、遠のきそうになる意識を繋ぎ止めてくれた。

これは悪い冗談だと、誰か言ってほしい。夢であればいいと頬を抓ってみたが、一向に覚める気配はない。むしろ厳然として存在し続ける紙片が、醜悪な現実を突き付けてきた。眼を逸らすなと声高に主張するように。

「どう、して――……」

ブレンダとローレンスは正式な婚約を交わしていなくても、いずれそうなるものと誰しもが思っていた。姉が彼に恋心を抱いていることはブリジットだって知っていたし、ローレンスもその気だったのではないか。多忙な彼の予定が立たず、具体的な話が進まなかっただけで。

しかし眼の前にあるのは、そんな幸福な想像を根底から覆すものだった。

未婚の貴族令嬢が軽々しく身体を許すなど考えられない。純潔が尊ばれる価値観の中、婚前交渉など後ろ指をさされても仕方ないし、万が一公になった場合、男性より女性の方が受ける誹《そし》りは遥かに大きかった。

貞操観念に乏《とぼ》しい馬鹿な娘として、社交界で笑い者になり、万が一子供でもできてしまえば、仮に二人がその後結婚したとしても、私生児として嘲笑の対象になりかねないのだ。そんな愚行を、ブレンダは犯していたのか。まだ婚約さえ果たしていないのに。いや、それだけでなく――

「……捨てられたの……？　ローレンス様にお姉様は……」

弄ばれて捨てられたとしか読み取れない文面に、ブリジットの口から小さな悲鳴が漏れた。そんな馬鹿なと、瞬時に否定する自分がいる。ローレンスのことは昔からよく知っており、それこそ生まれた時から家族ぐるみで傍にいて、兄妹のように育ってきたのだ。

彼が女性を弄んで捨てるなんて、とても信じられない。ここ数年はお互いあまり顔を合わせる機会もなかったけれど、優しく紳士的だったローレンスが変わってしまったとは思いたくないし、考えられなかった。

いつだって穏やかな笑みを浮かべ、誠実にブレンダとブリジットに接してくれていた彼が、裏では悪辣《あくらつ》な本性を隠し持っていたなんて、きっと他の誰が口にしてもブリジットが信じることはなかっただろう。

けれどこのメッセージは、他でもない姉が残したものだ。

ローレンスが卑怯な行為をしていたのと同じかそれ以上に、こんな質《たち》の悪い冗談をブレンダが書き残すとは到底思えなかった。

姉はいつだって誇り高く、他者の悪口や無責任な噂話などしない人だったからだ。そんな彼女が偽りを述べるなんて、あり得ない。

――でもローレンス様が、まさかそんな……

彼はブレンダの死に本当は心当たりがあったのに、口を噤んでいたのだろうか。

こんなこと、誰にも相談できない。父は勿論、母にだって打ち明けられるはずがなかった。万が一明るみに出れば、ブレンダは醜聞《しゅうぶん》に塗《まみ》れる。そしてレミントン家も。

姉は己だけではなくブリジットも守ろうとしたのではないか。身持ちの悪い姉がいるとなれば、妹の結婚にも影響を及ぼしかねない。何もかも「なかったこと」にするには、彼女自身がこの世から消えてしまうより他になかったのだとすれば……

残された手紙が、何よりの証拠。

もしもブリジットが発見しなければ、今後もずっと本当のことは闇に追いやられたままだったかもしれない。消極的に告げられた真相は、姉の最後の矜持《きょうじ》を示すものであり、ブリジットへの忠告でもある。

仲が良かった妹にだけは、真実を知っていてほしい。同時に『ローレンスには気をつけなさい』というメッセージだ。別れの言葉は残さなかったのではない。とても、残せなかったのだ。口を開いてしまえば、残酷な真実しか出てこなかっただろうから。

「お姉様っ……」

いったいどんな思いで、これを小箱に忍ばせたのだろう。絶望の中、きっとギリギリまでブリジットのことを案じてくれていたに違いない。いつだって自分より他者を優先して気遣える、淑女の鑑《かがみ》のような人だった。

そんな素晴らしい姉を、ローレンスは追い詰めたのか。彼女の恋慕を利用して、使い捨ての玩具のように扱い、用済みになって放りだした――そんな人ではないとブリジットは知っている。けれど、ブレンダが自死を選ぶ理由は他に思いつかなかった。

想像するだけで気分が悪い。暑いのか寒いのかさえ分からぬまま、全身の震えはひどくなる一方だった。

ブレンダの身に起こった悲劇を信じたくない気持ちとローレンスへの疑念が交差する。

だがずっと行き場がなかった悲しみや無力感の捌《は》け口が見つかったのも事実だった。

姉は家族を信用していなかったわけではない。ブリジットが頼りにならないから黙って消えてしまったわけではないのだ。愛していたからこそ言えなかったのだと、今なら痛いほど理解できた。

墓所で寄り添い、優しく慰めてくれたローレンスを思い出す。

彼は沈痛な面持ちで、ブレンダの死を悼んでくれていた。だがあれは全部演技に過ぎず、内心、己の悪事が露呈《ろてい》せず安堵していたのではないか。

「そんなはずないじゃないっ……」

黒々とした妄想に心が喰らわれてしまう。二人とも素晴らしい人格者で、ブリジットの大切な人だ。何を信じればいいのか分からず、混乱だけが大きくなっていく。けれど一つだけ確実なのは、どちらかが残酷な嘘を吐いているということ。

悪夢が、いつまでも覚めない。

――ローレンス様に確かめよう。本当にお姉様の死に心当たりがないのかどうか……そうよ、きっと何か誤解があるんだわ。話を聞けば、解決するはず……

ブリジットは、朝まで待つという常識的な判断もできずに部屋を飛び出すと、御者を急き立て、アンカーソン伯爵家へ馬車を走らせた。

外はすっかり闇に沈んでいる。こんな時間、突然押しかければ迷惑になる。やはり奇《き》矯《きょう》な娘だと噂が立つだろう。けれど、とても明日の朝まで待っていられなかった。このままでは頭がおかしくなってしまう。彼の口から無関係であると言ってほしい。不幸な行き違いだと、説明してほしかった。

ブレンダの手紙は、ブリジットの読解力が足りないせいで意味を取り違えているだけ。そうでなければ、いけない。

俯《うつむ》き祈る間に、馬車は目的地であるアンカーソン伯爵邸の目前まで来ていた。だがあと少しで到着するところで、見覚えのあるものが小窓から見え、息を呑む。

「……停めてっ！」

大声を張り上げたブリジットは、急停車した馬車から飛び降り、暗がりの中『それ』に近づいた。

「アンカーソン伯爵家の馬車……？」

先ほどレミントンの自宅に送ってもらう際、乗せてもらったばかりなので見間違うはずはない。見慣れた紋章も掲《かか》げられている。だが、中には誰も乗っていなかった。馬は繋がれたままだが、御者もいない。不審に思い周囲を見回すと、生い茂る木々の向こうにランプの光が揺れていることに気がついた。

「お嬢様、どうされましたか」

「……貴方はここにいて。私、ちょっと様子を見てくるわ。……馬車は少し離れた場所に停めておいてちょうだい」

「え、危ないですよ。お待ちください！」

ブリジットは制止する御者の声を振り切って、光に向かって進んだ。足音を殺した理由は、上手く説明できない。無意識と言うしかなかった。それとも何らかの予感があったのだろうか。

静寂の中、葉擦れの音が妙に煩く響く。気配を殺して近づけば、ランプを掲げた男が立っていた。どうやらアンカーソン伯爵家の御者のようだ。その御者の奥に佇《たたず》んでいたのは、まさにブリジットが会いに行くつもりだったローレンスだった。自分を送った後、まだ彼はアンカーソン邸に戻っていなかったのか。こんなところでいったい何をしているのだろう。

彼はじっと足元を見下ろしていた。ほんの少し、地面が盛り上がっている。無表情の横顔を、淡い光が照らしていた。

その、あまりにも感情が抜け落ちた眼差しに、ブリジットは慄然《りつぜん》とした。咄嗟に、見てはいけないものを眼にしてしまったのだと悟る。

いつも穏やかなローレンスの、こんな顔は知らない。一度も見たことがない冷たい表情に嫌なざわめきが広がってゆく。身動きができなくなったブリジットは、彼に声をかけることは勿論、後退ることさえ叶わなくなっていた。

「……ローレンス様、本当によろしいのですか？」

「……何度も同じことを言わせるな。これがどれほど非道なことだとしても……ブリジットに知られずに済むのなら、それでいい。僕の罪も、ここに埋葬してゆく」

御者の問いかけに応える彼の声は、耳を疑うほど冷ややかだった。

――非道？　罪って……何？　私に知られたくないことがあるの？

「……さよなら、ブレンダ」

「……っ？」

ローレンスのごく小さな呟きは、周囲が静まり返っているせいで、ブリジットの耳にはっきりと届いた。数秒間瞑目した彼は踵《きびす》を返し、御者と共に馬車へと戻ってゆく。その後ろ姿を見送ったブリジットは、つい先刻までローレンスが立っていた場所へ近づいた。ランプを持っていないのではっきりとは見えないけれど、土が盛り上がっている。

ドクリとブリジットの鼓動が跳ねる。

そう言えばここは、子供の頃によく三人で遊んだ場所だ。花が辺り一面に咲く、木漏《こも》れ日が気持ちのいい整備された森の中。アンカーソン家の猟場番人がこまめに見回っているおかげでとても安全であり、子供の遊び場として丁度良かったのだ。

数年振りに足を踏み入れたせいか、懐かしさが胸に迫る。

けれど月明かりも乏しいこんな夜に、ひっそりと訪れる場所ではない。

ブリジットは地面に座りこみ、不自然に土が盛り上がった部分を手で払った。そこは柔らかく崩れ、掘られたばかりだと確信が強くなる。

ますます心臓は激しく脈打ち、息が苦しい。今なら引き返せると、囁く自分の声が聞こえた。夜半に地面を素手で掘っているところを誰かに見られでもしたら、きっと明日から噂の的だ。やめるなら今しかない。

分かっているのに、ブリジットの手は全く止まってくれなかった。

夢中で土を掻き、中を探る。爪の間が黒く汚れることも気にせず掘り進めれば、やがて指先に硬いものが当たった。

「……えっ……？」

月を覆っていた雲が一瞬晴れる。月光に照らされたものの正体を、ブリジットは知っていた。

「蒔絵の……小箱……？」

美しい絵柄が施された小さな箱。しかも一番大きな外箱ではなく、中に収められたものの一つだ。自分が持っているものと同じだからすぐに分かった。けれど、ブリジットの小箱は部屋に置いてある。ではこれは？

これは特注で作らせた、この世に二つしかない対の作品だとブレンダは言っていた。だとすれば、ここに埋まっているのは姉のものでしかあり得ない。けれど地中に埋められている理由は見当もつかなかった。それに状況から考えて、埋めた人物はローレンスしか考えられないではないか。

「どういう……こと？」

ブリジットは震える手で小箱を土の中から取り出し、よく検分した。紛れもなく自分が持っているものと同じだと確信する。これは間違いなく、姉が所有していたはずの品だ。それでも、いくら考えてもこの状況に至る理由が思いつかなかった。

「中に……何か……」

蓋を開くと、ブリジットの箱と同じように折りたたまれた紙が入っていた。

読みたくない。読んではいけない。

自分の奥底から叫ぶ声に耳を塞《ふさ》ぎ、ブリジットは紙片を開いた。その時皮肉にも、月光が輝きを増す。暗がりに慣れた瞳は、書かれた文字を読み取ってしまった。

――『私の宝物であるこの小箱を贈ることこそが私の気持ちです。貴方が私を愛していなくても、私はローレンス様を永遠に愛しています。私の死をもって、それを証明いたします。貴方は誰にも渡さないわ』

「……っひ……」

危うく紙と小箱を取り落としそうになったのは、手紙に込められた情念を感じ取ってしまったからに他ならない。重苦しい恋情が小さな箱の中にみっしりと詰まっていた。見間違うわけもない姉の筆跡で綴《つづ》られた恋心が、ブリジットの脳裏にくっきり焼き付く。ただの恋文と言うには切実で、深い悲しみが漂っていた。

「お姉様……」

ブレンダが自分の想いのたけをローレンスに書き送っていても、何も不思議はない。だが分からないのは、受け取った彼がそれを処分しなければならなかった理由だ。こんなふうに土に埋め、捨ててしまうなんてひどい。まるで最初からなかったことにしようとしているみたいではないか。

――もしもそうだとしたら、隠さねばならないのはどうして……？

かつては子供たちの歓声が響き渡っていた森も、今は閑散としている。寂しい場所に放置されようとしていた小箱と手紙を、ブリジットは胸に抱きしめた。

嘘だ。きっと全部が悪い夢。ブレンダが命を絶ったことも、今夜のことも。何度も瞬きすれば、眼が覚めるに決まっている。けれど幾度瞼を閉じて開いても、ブリジットは暗闇の中、地べたに座りこんでいるだけだった。

風の音が聞こえる。女の悲鳴に似たそれはいつしか、敬愛する姉の声に変わっていった。

――『可愛いブリジット。あの人に騙《だま》されちゃ駄目。貴女にだけは、真実の一端を残して逝《い》くわ。私を信じてくれるでしょう?』

ローレンスが非道な真似をするとは思えない。

――『お父様にも、お母様にもこんなことは告げられない。貴女だけよ。心を許したたった一人の妹だから、恥を忍んで打ち明けたの』

まさか。あり得ない。あの人は誠実で優しい人。幼い頃からよく知っている。

――『私が嘘を吐いていると言うの? 愛しいブリジット。貴女を本当に理解してあげられるのは、私だけなのよ。それなのに貴女は私を信じてくれないの?』

泣きながらこちらを見つめる姉の幻影が、漆黒の闇の中に見えた。幻覚だと、自分にも分かっている。それでも、ブリジットは眼を逸らせなかった。

「お姉様を信じないなんてあり得ないわ。だけどっ……」

姉はこの世の誰よりも自分を守り、寄り添ってくれた人だ。そんな大切な人を一瞬でも疑ったことが恥ずかしい。両親に打ち明けられなかったことを、ブリジットにだけ託してくれた意味が、じわじわと胸に広がる。

しかし同じだけ、ローレンスの人柄を信じてもいた。

「嫌っ……」

もう何も考えたくない。混乱するブリジットの頭は、思考自体を放棄《ほうき》していた。

こんなことが知りたかったわけじゃない。

握り締めた拳の中で、掌に爪が食い込む。痛みも感じないまま、震える右手を左手で無理やり押さえ込んだ。そうでもしなければ、自分を律することができそうもなかったからだ。

――全て嘘だったの……？　葬儀の後、優しくしてくれたことも、理解を示してくれたことも全部……？

嗚咽を堪えたブリジットは軋《きし》むほど歯を喰いしばっていた。

ブレンダの死の真相が明るみに出れば、誰よりも名誉に傷がつくのは姉自身。当然両親も新たな悲しみを背負うことになるだろう。ローレンスを糾弾《きゅうだん》したからと言って、何も解決しないのだ。むしろレミントン子爵家が重い十字架を背負わされることになる。

――お姉様はそんなこと望んではいらっしゃらない……だってもしもローレンス様からの謝罪を望んでいるのなら、とっくにご自分で行動していたはずだもの……

訴え出ずに終わらせたことこそが、全ての答えだ。己の誇りを守りつつ、妹も守るには、きっとこれしか方法がなかったのだろう。しかしそれでも一言相談してほしかったと思わずにはいられなかった。

全て今更だとしても、姉を支えきれなかった自分が情けない。もっと彼女の心に寄り添っていれば、苦悩を見抜けたのではないか。何も知らずブレンダを慕うばかりだったことが悔《く》やまれ、辛くて堪らない。あんなにいつも傍にいたのに、何一つ気づかなかったなんて。

「……ごめんなさい、お姉様……ごめんなさい……」

ブリジットは手紙を胸に抱き、声を押し殺して泣いた。こんなこと、誰にも言えない。ブレンダが秘密を守り抜いて死んだように、自分も永遠に口を噤まなければならないのだ。姉が愛情と矜持の狭間で残してくれた助言に従って。

あの完璧だったブレンダが、恥を晒すことになりかねない真実を書き残すことは、どれほどの屈辱だっただろう。おそらく苦肉の策だったに違いない。色々考えた結果、ああして手紙を忍ばせる方法を選んだのだと思う。

いつか、ブリジットの眼に触れるように。偶然に賭けた消極的な手段。とても面と向かって告げることができなかった姉の心情を思い、涙が止まらなかった。呼吸もままならないほど嗚咽がやまず、苦しさから一層涙が溢れる。

許しを乞いつつも、いっそ姉に恨まれたいと願う。何もできなかった罪滅ぼしをしたかった。愚かな自分は、ブレンダに優しく気遣われる資格などない。本当なら罵《ののし》られてもおかしくなかったのに、彼女は最期の瞬間までブリジットを案じてくれていた。

「お姉様、どんなに辛かったでしょう……！」

散々咽び泣いたブリジットは、身体中の水分が失われるのではないかという程の時間が過ぎた頃、ぐちゃぐちゃになった顔を上げた。

泣き寝入りすることしかできない我が身が厭《いと》わしい。

唇を噛み締めて、ブリジットは陰鬱《いんうつ》な瞳で暗がりを見つめていた。

姉を信じている。だとすれば、ローレンスがブレンダの仇《かたき》だ。信じたくはないけれど、答えは一つだけ。

「お姉様……私、もう二度とあの方には近づかないわ……」

彼はもう、温かな記憶の中にいる幼馴染ではない。仄かな想いを抱いた人でもない。ただの他人。それ以下の憎むべき相手。今後一切関わらないことを亡き姉に誓う。

復讐などブレンダは望んでいないかもしれない。だからこれはブリジットの自己満足だ。だが、何もせずにはいられなかった。無力で無能な自分の、せめてもの贖罪《しょくざい》。何かしていなければ、気がおかしくなってしまう。無意味だとしても目的を持たねば、自己嫌悪と後悔で押し潰されそうだった。

むざむざと姉を死なせてしまった罪悪感を糧《かて》にして、ブリジットは彼への憎悪を掻き立てる。

地中に埋められたのは、姉の亡骸《なきがら》だけではない。ローレンスに対して淡く抱いていた憧れも、今日を限りに埋葬する。これから先は決して掘り起こすことなどない。

ブリジットはそう誓い、自分は大切な人を同時に二人喪ったのだと気がついた。

2　指輪

「ブリジット、よく聞きなさい。ブレンダが亡くなった今、婿を取ってこの家を継ぐのはお前だ」

姉の葬儀が終わって五か月。もうとも言えるし、まだとも言えた。

大事な家族を亡くした心の傷は全く癒えていないけれど、日常は取り戻しつつある。ブリジットも、どうにか日々を生きていた。

大切な話があると両親に呼ばれて切り出された内容は、納得のいくものだった。ただ両親も一年は喪に服すだろうと思っていたため、随分急だと感じたのも事実。

「……まだ、お姉様が亡くなられて五か月ですよ？」

「だからこそだ。もしもお前が一年喪に服し、それから結婚相手を探したとしたら、実際婚姻が纏まるのはいったいいつになることか。それだけじゃない。悪い噂を払拭するためにも、私たちは前に進まなければならない」

ほんの少し父を非難する声音になってしまったブリジットに、彼は心痛によって落ち窪《くぼ》んだ眼を向けた。この半年にも満たない間に、父は随分やつれた。母は寝込むことが多くなり、家族の会話は激減している。

「――人の口に戸は立てられない……そういうことだ」

突然のレミントン子爵令嬢の死について、面白おかしく流言が飛び交っていることには、ブリジットも気がついていた。この五か月ほとんど屋敷に引きこもり、来客は全て断って家族以外に誰とも会っていないけれど、使用人たちの様子から察していたのだ。

曰く、流行り病と言うが公にできない恥ずかしい病ではないのか。いや、実際には痴情の縺《もつ》れで殺されたのではないか。はたまた実際には死んでおらず、駆け落ちしたのではないか……

人の不幸は蜜の味。貴族社会において、醜聞は最も甘美な話題。こんなにおいしい噂話に、人々が喰いつかないはずはない。おそらくあることないこと様々な情報が入り乱れていることだろう。その中に、真相を掠めたものがあっても、何ら不思議はなかった。

――いいえ、正しいかどうかは二の次なのだわ……

語られる内容が真実かどうかなど、どうでもいいのだ。刺激的で暇潰しになりさえすれば、真偽のほどは関係ない。これまでブリジットだって何度も眼にしてきた、貴族社会の嫌な側面だ。

表向き和やかに社交に興じているようでいて、その実、裏では激しい足の引っ張り合いをしている。本音を上手に隠して立ち回ることこそが、貴族に求められる処世術なのだ。

ブレンダの件は、今一番旬な話題なのだと推測できた。このままではブリジットの縁組にも影響を及ぼすと父は案じているのかもしれない。

彼の隣に座る母にちらりと視線を移すと、彼女も頷いていた。すっかり頬がこけ、髪に白いものが交じった母だが、今日はやや顔色がいい。生気を取り戻しているように感じられる。

何か『やらなければならないこと』があり、忙しさにかまけていれば、辛さは和らぐものだ。もしかしたら自分の結婚相手を探すことが、両親を元気づける力になるかもしれないと思い、ブリジットは覚悟を決めた。

「……分かりました。ですがお父様、今我が家に夜会の招待状を送ってくださるところはないのでは」

いくら何でも、家族に不幸があったばかりの家に恥知らずな真似を堂々とする者はいない。本音では根掘り葉掘り聞き出すため呼び出したくてうずうずしていても、誰もが表面上はそっとしてくれていた。

もしくは、跡取りの娘が冴えない妹になったことで、周囲が敬遠しているのかもしれないが。

「――それなら心配ない。実はもう、相手は決まっている」

「え？」

意味が分からず、どういうことだとブリジットが瞬けば、父の合図の後、応接間の扉が開かれた。

「失礼いたします」

低く、落ち着いたこの美声には聞き覚えがある。耳に心地いいブリジットが大好きな音。いや、『好きだった』と言うべきか。今ではもう、二度と聞くべきではない声なのだから。

「……ローレンス、様……」

部屋に招き入れられたのは、想像通りの人物。見間違うはずもない。

喪に服しているつもりなのか、黒一色で纏められた装いは、いっそ腹立たしいほど彼に似合っていた。装飾の排された服のせいで、より一層ローレンスの見事な体軀が強調されているように思う。

そして僅かに疲れを滲ませた顔。疲労感を張りつけていても、整った容貌は損なわれていない。彼にも、少しはブレンダを悼む心があったのか。そうであれば良いと願いかけ、本当に悪いと思っていたのなら、レミントン子爵邸に訪れるはずはないと叫ぶ自分がいる。

瞬時に沢山のことに思いを巡らせたブリジットは、呆然として彼を見つめていた。

何故彼がここに、と疑問ばかりが頭の中を埋め尽くす。動揺が態度に表れていたのか、ローレンスが苦笑した。

「久しぶりだね、ブリジット」

「……っ」

名前を呼ばれると胸が苦しくなるから、軽々しく口にしないでほしい。

以前と変わらない声で、親しみを込めて呼びかけられると、固めた決意が崩れそうになる。

彼を兄と慕っていた頃の気持ちに引き戻されそうになり、ブリジットはローレンスから慌てて視線を引き剝がした。惑わされてはいけないと己を叱咤《しった》し、懸命に冷静になろうとする。かつての甘く切ない記憶がよみがえりかけ、抗うために手繰り寄せたのは、ブレンダの最期の姿だった。

「何度か会いに来たけれど、いつも体調不良だと断られてしまった。今日は大丈夫かい？」

「はい……」

普通、立て続けに面会を拒否されれば、避けられていると気づかないものだろうか。だが両親の手前あからさまな態度が取れないブリジットは、一言返したきり、俯いて押し黙った。

「ローレンスは私たちを慰めるため、足しげく通ってくれたのだよ。仕事がある王都とここを、頻繁に往復しながらね」

父の言葉を耳にして抱いたのは、反発だけだ。きっと父は『だから感謝しなさい』という意味で言ったのだと理解できるけれど、ブリジットは複雑な感情しか掻き立てられなかった。

それもこれも、全ては彼の演技なのかもしれない。だとすれば、油断するわけにはいかないのだ。

「少しでも元気づけられたらと思っていた」

「――ありがとう、ございます」

理性を掻き集めて、ブリジットは彼にお礼を述べていた。

こうしていると、ローレンスは昔とまるで変わらない。誠実で穏やかな優しい人。対峙していれば、いとも容易《たやす》く過去の想いに引き摺られてしまう。だからこそ、ブリジットは絶対に会いたくなかったのだ。会ってしまえば、決意が鈍るのが分かっていたから。

そんな様子をどう解釈したのか、ローレンスはブリジットのすぐ隣に歩み寄ってきた。

「ブレンダには到底及ばないが、僕が君の支えになれないだろうか」

「……えっ?」

いったい何を言っているのだろう。

かけられた言葉の意味が全く分からず、ブリジットは思わず顔を上げていた。

するとすぐ眼の前に立つ秀麗な男性が、双眸に悲しみや労りを湛え、こちらをまっすぐ見据えていた。見飽きるほどによく知るその姿。ずっと長年、姉と一緒に見続けてきたのだから当たり前だ。家族同然の彼はしかし、ブリジットの知らない『男性』の顔をしていた。

「ブリジット、僕と結婚してくれないか」

「……っ？」

人は驚きすぎると、声も出なくなるらしい。ひゅっと鋭く喉が鳴っただけで、ブリジットは思考停止してしまった。

本当ならその求婚は、ブレンダに贈られるものだ。嘘や冗談にしては質が悪すぎる。いっそ自分の幻聴であってくれと、ブリジットは視線をさまよわせた。

「――ブリジット、ローレンスと結婚しなさい。彼は以前から、我が家との縁組を望んでくれていたんだ。ローレンスはアンカーソン伯爵家の三男。身分のつり合いが取れているし、何よりも伯爵家を継ぐ可能性は低く、我が家へ婿に入るのに支障がない」

眼が合った父親が重々しく頷く。けれど理解を拒む頭には、雑音にしか聞こえなかった。

何が起こったのか全く分からない。完全に何も考えられなくなり、ブリジットは救いを求める眼差しを父の隣に座る母へと向けた。

「そうよ。順番からすればブレンダが先だし、年齢的にもあの二人の方が合うと思っていたけれど――」

「やめなさい。今その件はいいだろう」

言いかけた母を制し、父はブリジットをじっと見つめてきた。

「お前も幼い頃から見知っていて、気心が知れているだろう。それに彼はブレンダに関する噂など気にしないと言ってくれている。これ以上の良縁はないじゃないか」

「そんなっ……」

良縁だなんてとんでもない。むしろ最もあってはならない悪縁だ。ブレンダが残してくれた命懸けの忠告を、丸ごと無視する形になってしまう。

「突然の話でお前も混乱しているのだな。だが、これはブレンダのためでもあるのだ。あの子の死が醜聞に塗れないよう、今の内に喜ばしい話題を振りまいて人々の興味を失わせなくては。分かるね？　ブリジット」

もしも相手がローレンスでさえなかったなら、自分は頷いていただろう。言われるがまま受け入れ、正式な婚約を交わす手続きを一日でも早くしようと思ったに違いない。

だが、無理だ。

こんな気持ちのままで彼とは絶対に結婚などできない。したくない。いくら父の命令であっても、この一点だけは譲れない。

ブリジットは身体を震わせながら、首を左右に振った。

「……急に、考えられません」

「ブリジット、聞き分けのないことを言うんじゃない。この家を継ぐのはもう、お前しかいないのだぞ」

「いえ、レミントン子爵、まだ彼女はブレンダを亡くして五か月です。慕っていた姉がいなくなり、自分の結婚など考える余裕はなかったでしょう。私が急ぎすぎました。申し訳ありません」

何故かローレンスに庇《かば》われる形になり、ブリジットは狼狽した。

どうして。何故。意味が分からない。

さも優しげな言葉と態度で、気遣う嘘を吐かないでほしい。簡単に謀《はか》られそうになる自分が悔しい。長年積み重ねてきた記憶と思い出が、ブリジットの『ローレンスとの決別』という決意を邪魔していた。

ブレンダと彼の並ぶ姿を見るのが好きだった。とてもお似合いで、一枚の絵のように完璧な二人の邪魔をしないように、そっと身を隠したのは一度や二度ではない。物陰から見つめられるだけで幸せだった。

ブレンダからローレンスの話を聞く度に胸が痛んだけれど、そんなものは我慢できた。秘かに慕う自分よりも、姉の方がずっと深く彼を愛していることに気づいてしまえば、淡い憧れなど押し殺すのが当然だと思えたからだ。

幼い頃は無邪気に遊んでくれと纏わりつくことができても、年を経るごとに、ブリジットがローレンスを避けるようになるのは当たり前の流れだった。妹同然の自分に構う時間があるなら、ブレンダを誘ってほしいと本気で願っていたくらいだ。

いずれ訪れる運命の日を待っていたのか、恐れていたのか。今ではもう、判然としない。ブリジットが見ていた現実は、虚構《きょこう》のものでしかなかったのかもしれない。考えたくもないけれど、愛し合っていると信じていた二人は、どこにもいなかったとしたら。

あの二通の手紙さえ発見していなければ、彼と共に姉を偲《しの》びながら一緒に人生を歩んでいくことを誓えたと思う。むしろ喜んで、結婚の申し出を受けたはずだ。

容易に未来が想像できるからこそ、余計に黒々とした澱《おり》が心の内に溜まってゆく。

――私が何も知らないと思って――

滲んだ涙の意味は、自分でも説明できない。ただ、悔しさや憎しみ、悲しみに呑まれて感情が決壊してしまった。

――私に結婚を申し込むくらいなら、何故お姉様を幸せにしてくださらなかったの？レミントン子爵家と縁続きになるなら、姉妹どちらでも構わなかったでしょう？

頬を伝う滴を拭いもせず、ブリジットはソファーから立ち上がった。

「……ごめんなさい。気分が悪いの。部屋で少し休ませてください」

「ブリジット！　ローレンスに失礼だろう！」

これ以上は耐えられない。父の呼び声に振り返りもせず、ブリジットは応接間を飛び出した。

「いいのです、レミントン子爵。彼女の気持ちも考えず、僕が性急でした。出直して参ります」

声が遠ざかる。ブリジットは廊下の角を曲がるまでずっと、ローレンスの視線を背中に感じていた。追ってくる眼差しを振り切りたくて小走りになり、ブレンダの部屋に逃げこみ、そのままの勢いでベッドに倒れこむ。気持ちが悪い。吐きそうなほどムカムカする。

両親の眼がなければ、真正面から問い質してみたかった。姉の手紙を見せて真実を問い詰めたい。だが今の自分に全てを受け止められるだろうか。いざその時になったら、立ち向かえる勇気が本当にあるのか。

この五か月、彼に会わなかったのは、怖かったからだ。何もかも明らかにされるのが恐ろしくて、曖昧《あいまい》なまま逃げる道を選んだ。本当に狡《ずる》いのは、自分自身。

めちゃくちゃになった感情が出口を求めて荒れ狂っている。何度もベッドに拳を振り降ろし、ブリジットは咽び泣いた。

掃除され、清潔に保たれた主のいない部屋でも、まだブレンダの匂いが残っている。優しく聡明で穏やかな気性だった彼女そのもののような香りが、心を落ち着かせてくれた。血塗れになっていた凄惨な名残はもう、どこにもない。

ブリジットは深く息を吸い込み、ブレンダの気配を感じた。身体の内側から力を取り戻せる気がして、何度も深く呼吸する。折れそうになった脆《もろ》い心を再び奮い立たせるために。

「……ええ……分かっているわ、お姉様。私は今後ローレンス様に関わらない。結婚なんてとんでもないわ。この家もお姉様の名誉も、必ず私が守ってみせる」

ブレンダに代わり婿を取って、レミントン子爵家を継いでいくのが己の役目だ。そのことに、異存はない。貴族として生まれたからには、当然の義務だ。

しかし相手がローレンスだなんて悪い冗談としか思えなかった。

父は乗り気だ。おそらく母も。むしろ諸手を挙げての大賛成だろう。しかも昔からよく知る間柄だ。アンカーソン伯爵家とレミントン子爵家の領地は隣り合っており、両家に利益がある。

更に言うなら、ローレンスは優秀な男だ。父にとって息子として迎えるのに不足はないのだと、容易に想像がついた。

一見、いいこと尽くめの婚姻。反対する理由がない。これ以上の縁組は、望めないと思ってもいい。――――これがブレンダとローレンスとの話であったなら。

たった一つのボタンの掛け違いが、ブリジットを苦しめる。答えが返ってこないと知りながら、『何故』を繰り返さずにはいられなかった。

この家と両親、そしてブレンダの名誉を守るため、できることはたった一つだ。

彼以外の誰かと結婚し、レミントン子爵家を継ぐ。

このままでは間違いなく、ブリジットは父の命令によりローレンスと婚約させられてしまう。たぶんもう、さほど時間は残されていない。一刻も早く行動し、伴侶となる人を見つけなければならなかった。それも彼以上の男性を。

引く手あまただったブレンダならばともかく、自分にそんな相手が見つけられるか不安で堪らない。けれども。

「……いつまでも泣いている暇はないわ」

これからは、姉に代わって自分がしっかりしなければいけない。もう、甘えて頼る相手はいないのだ。自力で立ち、前に進まねば。

避け続けていても事態が好転しないのなら、ローレンスに会い直接話をつけるしかない。

ブリジットは涙に濡れた顔を上げ、決意を固めた。


『ブリジット！　貴女、何てことをしているの？』

悲鳴交じりの姉の声に振り向くと、ブレンダが真っ青になっていた。

アンカーソン伯爵家とレミントン子爵家の領地の間には、小さな教会がある。

華美ではないが歴史が古く、週末には大勢の人々が集まる場所だ。しかし今日は誰もいない。森と同じで、子供たちの絶好の遊び場になっていた。

『お姉様、どうしたの？』

『どうしたのじゃないわ、それ……』

姉が指し示す先にあるのは、今まさにブリジットがした落書きだ。教会のベンチが味気なかったので、お花や虫の絵があればきっと可愛くなると思い、一生懸命描いたものだった。

『上手に描けたでしょう！　これでベンチも賑やかになって、寂しくないわ』

ブリジットが誇らしげに胸を張ると、ブレンダは頭を抱えてよろめいた。

『もう……ちょっと眼を離した隙に……ブリジット、こういうことは絶対にしちゃ駄目。自分のものではないものに勝手に絵を描いてはいけないの。貴女だって、お気に入りの玩具に知らない人が色を塗ったり絵を描いたりしたら嫌でしょう？　ましてここは神聖な場所なの。遊ぶところではないのよ』

目線を合わせて叱られると、よく分からないなりに、悪いことをしてしまったのだと悟った。姉はいつも頭ごなしに怒鳴るのではなく、こうして駄目な理由を説明してくれる。だからブリジットにも納得することができた。

『……ごめんなさい、お姉様……』

『分かればいいのよ、ブリジット。いらっしゃい。一緒に謝ってあげる』

年齢はたった二歳しか違わないのに、大人びた姉はブリジットの憧れだった。いつだって自分を諭し、優しく導いてくれる理想の人。だから全幅の信頼を置いていた。

行動が突飛で周囲を困らせがちなブリジットにとって、ブレンダこそが社会との接点だった。

『ふふ、でもなかなか上手に描けているよ。ほらこの蜂《はち》なんて見事なものだ。それにベンチが寂しがっていると感じるその感性が、自由で素晴らしいと思う』

『ローレンス様、そうやって甘やかさないでください。悪いことはちゃんと教えないと、この子が困ることになるんですから』

『僕にはとても思いつかない発想だから、ブリジットにはつい感心してしまうよ。それにブリジットが不思議なことをする時は、別に悪戯《いたずら》が目的じゃない。大抵何かを想ってのことじゃないか。以前旅行鞄の中に隠れた時だって、捨てられることが決まった鞄に、最後の役割を与えてあげようと思ったのだっけ？　そういう豊かな想像力は、ずっとなくさないでほしいな』

『もう！　あの時だって、皆で大騒ぎして探したじゃありませんか！』

腰に手を当てたブレンダが、大人顔負けの仕草で怒りを表す。ローレンスは肩を揺らして笑いながら、目尻の涙を拭った。

『ごめん、そうだね。ブレンダの言う通りだ。じゃあ僕が絵を消しておくよ』

『掃除も含めてブリジットにさせないと、きちんとした躾《しつけ》になりません。ローレンス様は甘すぎます』

何故かローレンスがブレンダに叱られて謝る姿を見て、ブリジットは慌ててしまった。二人が言い合うのは悲しい。しかも自分が原因となれば尚更だ。どうすればいいのか分からなくなり、涙が溢れてきてしまった。

『うえっ、お姉様、ローレンス様と喧嘩しないでくださぃ……っ』

『泣かないで、ブリジット。喧嘩なんてしていないよ』

『そうよ。ほら、涙を拭いて』

結局ブリジットは二人に慰められ、三人で落書きを消した。そして結局三人揃って叱られた。

懐かしい思い出。もう十年以上も昔のことだ。

教会はあの頃と変わらない。ただ少しばかり古びただけだ。あれから何年も経ち、落書きをしてしまったベンチには、何の名残もなかった。

それを少しだけ寂しいと感じたことに眉をひそめ、ブリジットは意を決して顔を上げた。

夕暮れが迫るこの時間、静まり返った教会内にひと気はない。人目を忍んで訪れたブリジットとローレンス以外には。

彼からの訪問を受けた三日後、ブリジットはローレンスと会う約束を取り付けた。ただし誰にも知られぬように、こっそりと。勿論、求婚を断るためだ。

「用があるなら、呼びつけてくれて構わないのに。あまり若い女性が出歩く時間じゃないよ」

「――お父様とお母様には聞かれたくない話ですもの」

目深にフードを被ったブリジットが、硬い声を絞り出す。

今こうして、同じ空間にいることも苦痛だったが、仕方ない。他者の耳に入るかもしれない場所では、到底できない話だからだ。

本音では、会いたくない。顔を合わせれば余計に心が引き裂かれる。ブレンダのために彼を恨むことが正しいのに、未だ消せない未練や期待があるからだ。

「ブリジットと二人きりで話をするのは久しぶりだね。この数年は、顔を合わせることすら稀《まれ》だったから」

どこか嬉しそうに微笑む彼に息が苦しくなる。そんな顔をしないでと叫びたくなって、ブリジットは唇を噛み締めた。

この怒りは自分自身にも向けられたものだと気づいている。ブレンダとローレンスを一生懸命応援し、自己満足で悦に入っていた己は愚かという言葉では表しきれない。もし過去に戻ることができたのなら、絶対に同じ過ちを犯しはしないのに。

ブリジットは大きく息を吸い込み、服の下に忍ばせた姉の手紙に触れた。無機質な紙の感触から勇気を得て、彼と視線を合わせる。

嫌なことは早めに終わらせた方がいい。矜持を掻き集め、喉に力を込めた。

「――私は、貴方と結婚するつもりは全くありません」

自分でも冷たく感じたその声は、教会の高い天井に吸い込まれていった。二人が立てる物音以外は静寂に支配され、互いが黙りこめばたちまち無音の世界になる。風の音さえ聞こえない。

じっと見つめ合ったブリジットとローレンスはしばらくそのまま動かなかったが、先に沈黙を破ったのは彼の方だった。

「……理由を聞いても？　自分で言うのも何だが、僕以上の条件を備えた求婚者はいないと思う」

確かにローレンスの言うことはその通りだ。父も分かっているから、この話を推し進めようとしているのだろう。

だが、ならばブレンダにしたことは何だったのかと悲しみと怒りに支配された。いくら冷静でいようと心がけても、簡単に心が乱される。姉を喪ったことで負った癒えない傷から、鮮血が溢れる様が見えた気がした。

「……っ、理由など！　貴方が嫌いだからですっ！」

嫌いどころか、整理しきれない感情が渦巻いて、自分でもどうすればいいのか分からなくなっている。頭が痛い。眩暈《めまい》もする。

やはり会うべきではなかったと思ったが、後の祭りだ。それに、自分一人が結婚に抵抗したところで、父の決定を覆せるはずがない。だったらこうして直談判した方が早いと思ったのだ。

ローレンス側から求婚を取り下げてもらえば、両親だって諦める。別の婚約者を見繕ってくれるに違いない。その方法に賭け、苦渋の想いで彼を呼び出したのだから。

「僕は、何か君を怒らせることをしてしまったんだろうか？」

「何も身に覚えがないと言うの……？」

「数年前から、君が僕を避けるようになったと記憶している。だが、こちらとしては君が機嫌を損ねることになった原因が全く思い当たらない」

演技だとしたらたいしたものだと思った。

本当に心当たりがないと言わんばかりに眉尻を下げ、悲しそうな顔で彼は肩を落としている。その様子を見ていると、まるでこちらが無実の罪でローレンスを糾弾している気分にさせられた。

ブレンダにしたことは、彼にとってはその程度のことなのか。

「……どうか、本当のことをおっしゃってください……っ」

引き絞られる胸の痛みに、ブリジットはローレンスが真摯に謝って悔いてくれることを、心のどこかで願っていたのだと悟った。

本当はまだ、何もかも嘘か間違いなのではないかという淡い期待を捨てきれなかったのだ。ブレンダの残した手紙は自分の解釈間違いで、深い意味はなかったとか、彼が心底から謝罪してくれたのであれば、許すことは無理でも受け入れることはできた。

しかしローレンスは認めないどころか、気にかけてさえいない。ブリジットがどうして頑なに婚姻を拒むのか、理解しようとする気もないように見えた。

――ひどい。お願いだから、これ以上三人の思い出を穢さないで……

裏切られた。完全に。これ以上もなく手酷く騙されていたのだと理解した。自分の中に残っていた微かな希望が砕かれた音を聞く。

何を言っても届かないなら、話し合うだけ無駄だ。息苦しくて堪らなくなったブリジットは、逃げるようにローレンスに背を向けた。

「用件は伝えました。私はもう帰ります。結婚の話は貴方からお父様に断ってください」

「待ってくれ、ブリジット。話はまだ終わっていない」

肩を摑まれ強引に振り向かされると、すぐ眼の前に彼の顔があった。背の高いローレンスは腰を屈め、覆い被さる勢いでこちらを覗き込んでくる。

「……っ、放してくださいっ！」

触られたくない。姉を抱き、そして突き放した非情な手で。

ブリジットは懸命にもがいて拘束から逃れようとしたが、むしろ手首を握られ引き寄せられる。男の力に、非力な自分が敵うわけがない。強引に腰を抱かれ、未だかつて経験したことのない距離で見つめ合う羽目に陥《おちい》ってしまった。

「僕はまだ、君の口から結婚を拒む理由を聞いていない」

残酷な男は、ブリジットの口から忌まわしい秘密を語らせたいらしい。

――何故、そんな非情な真似ができるの……？　私たち三人のあの美しい思い出の数々は、ローレンス様にとって、どうでもいいものだから……？　お姉様を捨てたのも、本当に気にするほどのことではないと思っているのね……

だから罪悪感など抱かずに、こんなに堂々としていられる。恥知らずにも、弄んだ女の妹に求婚できる。ブレンダもブリジットも、彼にはただの『道具』や『玩具』に過ぎない、替えがきく消耗品なのだ。

ブリジットは、ひっそり手紙を忍ばせることしかできなかった姉の意を汲んで、口を噤んで秘密を守り抜き、両親と家をローレンスから遠ざけるつもりだった。――今、この瞬間まで。

「どうしてっ……お姉様をっ……！」

憎悪が芽吹く。強引に掻き立てようとしたものではなく、真実ブリジットの内側から真っ黒な泥が生まれた。許せないという言葉だけが渦巻いて、他には何も考えられなくなる。

「ブレンダ……？　彼女がどうかしたのか？」

紫色の瞳が、不可解だと細められる。ここまで言ってもしらばっくれるつもりなのか。本気で気に留めていないのか。

暴れた拍子に被っていたフードが取れ、ブリジットの金の髪がふわりと広がった。姉と同じ黄金の髪に、水色の瞳が露になる。あまり似ていない姉妹だけれど、色彩だけは同じだとよく言われた。これを見てもまだ、ブレンダを思い出さないのか。

「何故、お姉様を捨てたのですかっ……」

遊びで手をつけていい人ではなかった。本当に心の底から、姉はローレンスを愛していたのだ。それは彼だって気がついていたはず。

「お姉様がどれだけ本気で貴方を……っ」

責める言葉は上手く声にならなかった。もともと激高することや誰かを罵ることに慣れていないのだ。酸欠になりかけて大きく喘いだブリジットの身体は、困惑するほどローレンスに力強く抱き寄せられていた。

「放してっ……！　私に触らないでください！」

密着しているせいで上手く動けない身体を捩り、ブリジットは必死で彼から距離を取ろうとした。両手を突っぱね、ローレンスの胸を押しやろうとする。だがそれを上回る力で抱き竦められ、せっかく開いた隙間はあっという間に零に戻されていた。

「落ち着きなさい、ブリジット」

「やめて、私の名前を呼ばないでください」

子供の頃、森だけでなく互いの屋敷の中間地点にあるこの教会でもよく遊んだ。三人でお喋りをしたり、本を読んでもらったり、かくれんぼだってした。年齢が上の二人にブリジットがついてゆく形だったけれど、彼らは年少者の自分を邪魔者扱いせず、よく面倒を見てくれた。当時の記憶が鮮やかによみがえる。

何度もローレンスに名前を呼ばれた。時に優しく。時に厳しく。

そのどれもが、ブリジットにとっては宝物だった。耳に心地いい声は昔と同じ。いくら声変わりによって少年のものから大人の声音に変わったとしても、うっとりするほど柔らかい美声には変化がなかった。

――ずっとあのままでいられたら良かったのに……

叶わないと知りつつ、儚い願いを胸に抱く。もしも好きなところまで時間を巻き戻せるのなら、あの頃を選びたい。何も知らず、三人で過ごすことが当たり前だった時を。

今でも耳を澄ませば、子供たちの笑い声や歓声が聞こえてきそうな気がする。使用人が帰りますよと終わりを告げるギリギリまで、性別も年齢も関係なく一緒になって戯れていた幻を垣間見て、ブリジットは眩暈を覚えた。

「貴方だって、お姉様の気持ちをご存知だったでしょう……っ？」

涙ながらに告げた言葉は流石《さすが》に彼の心を抉《えぐ》ったのか、ローレンスが息を呑んだ。僅かに緩んだ腕の檻から、ブリジットは全力で逃げ出す。肩で呼吸して髪を乱したまま、落ちかかる前髪の隙間から彼を睨み上げた。

「気がつかなかったなんて、言わせない」

「……それが、理由なのか？」

「ええ、そうよ！　ローレンス様はお姉様の純真を踏みにじったのよ」

言葉にして吐き出すと、尚更感情が昂った。新たな涙が溢れ、視界が滲む。ブリジットは乱暴に目尻を拭い、深呼吸した。

「だから私は絶対に貴方を選ばない。ローレンス様とだけは結婚なんてしない！　お姉様が死んだのは、貴方のせいだわ！」

困惑を浮かべていた彼の表情が抜け落ちる。その瞬間、普段は柔和な姿が、ゾッとするほど冷淡に見えた。まるで、森の中で小箱を埋めていたあの夜と同じ。

「……なるほど。確かに僕はブレンダの気持ちを知っていた。だが、応えることはできなかった。――――彼女を愛してはいなかったから」

「……！」

そのことがブリジットにどれだけ残酷に響くのか、ローレンスは考えてもくれなかったらしい。あまりにもあっさり、姉の長く純粋な恋心は切り捨てられた。それこそごみのように放り投げられたのだ。想いのたけが綴られた恋文を、地中に埋葬したのと一緒。

無残に散らされた恋情を憐れみ、ブリジットの唇が戦慄《わなな》く。

――もう無理。今度こそ、限界。

同じ空気を吸うことさえ厭わしい。砕かれた期待も希望も二度と元の形には戻らない。どれだけブリジットが頑張ったとしても、彼から謝罪や後悔の言葉を引き出すのは不可能だ。もはや自分が知るローレンスはどこにもいないのだと思い知った。

じり、と後退り、ブリジットは身を翻《ひるがえ》す。ここから逃げ出したい一心で、扉に向かって走ろうとした。

「待て、ブリジット！」

だが一瞬早く捕まってしまった。後ろから伸びてきた腕が絡みつき、背中に彼の逞しい胸板を感じる。ローレンスの吐息が耳に降りかかり、ゾクゾクと肌が粟立った。

「やっ……」

「逃がさない。絶対に。やっと君を手に入れられる機会が巡ってきたんだ」

どういう意味だと問う間もなく、ブリジットの左手薬指に痛みが走った。驚いて眼をやれば、強引に嵌められた指輪が見える。

女性の宝飾品としては少しばかり武骨で幅広い金の環。中央に嵌め込まれているのは紫色の石。彼の――アンカーソン伯爵家の特徴とも言える瞳と同じ色だった。

どこかで眼にした覚えがある。遠い昔、ローレンスの母親がいつも嵌めていたものだと気がつき、ブリジットは慌てて外そうとした。

「どういうおつもりですかっ……えっ？……」

しっかりと根元まで嵌まった指輪は、びくともしない。きついわけではなく、回すこともできるのに、いざ引き抜こうとすると全く動かなくなるのだ。まるで最初からブリジットのために誂《あつら》えたかのようにぴったりで、抜ける気配はなかった。

「何、これ……」

すぐに返そうと思い何度も引っ張ったが、何をどうしても上手くいかない。

「ローレンス様、冗談は……」

これが彼にとって大切な形見であることは想像できたけれど、壊してでも取り去ってほしいのが本音だ。憎しみを込めブリジットは顔を上げた。その瞬間。

「……ぁっ……？」

ドクリと心臓が脈打つ。一度だけでなく何度も、荒れ狂うように激しく暴れた。

同時に体温が上がってゆき、肌が汗ばむ。頬に血が上り、赤く染まった。それだけなら体調が悪くなったと思っただろう。実際先ほどから怒りでおかしくなりそうだったのだから。

だが違うと、ブリジットには分かった。

これは興奮しすぎた不調が原因ではない。

眼が、耳が、全身の感覚の全てがローレンスに引き寄せられている。彼だけしか視界に入らなかった。何一つ見逃すまいとするかのように意識の全部が支配されてゆく。頭の中は、ローレンスのこと以外何も考えられなくなっていった。

「何……これ……」

これまでも、彼ほどの美丈夫にはお目にかかったことはなかった。どれだけ美しいと評される女性であっても、ローレンスには敵わないと思っていたほどだ。

だが今は。

以前よりももっと、彼が特別に見える。瞬きさえ惜しいほど、ずっと見つめていたくなる。凝視すると胸が苦しくなり、ブリジットは自分の変化に愕然《がくぜん》としていた。

駆け巡る血潮の音が煩い。握られたままの手が熱く、触れ合った場所から溶けてしまうのではないかと思った。

苦しいから放してほしい。いや、ずっとこうしていたい……

相反する感情に惑乱し、視線を泳がせる。けれど最終的にはローレンスを見つめてしまう。ただそれだけで、身体も心も満たされてゆくのだ。

「……ブリジット？」

「っ……!」

鼓膜を揺らす声に、雷に打たれたような衝撃が走った。全身が硬直し、心拍数が更に上がる。ブリジットの脳裏に浮かぶのは『もう一度名前を呼んでほしい』という願いだけだった。

甘い美声は、まるで良質の酒か理性を奪う薬のようで、耳から侵食されてゆく。ブリジットは後者を摂取したことがないけれど、急激な肉体と精神の変化に、何らかの薬物の影響を疑わずにはいられなかった。それほどに、未知の感覚が身体の中に渦巻いている。

「大丈夫か、顔が赤い」

「……っ、ゃあっ……」

先ほどと同じ、『やめて』『触らないで』を繰り返そうとしたのに、ブリジットの口から出てきたのは甘く掠れた吐息だけだった。どこか媚を含んだ響きに、背筋を凍らせたのは自分自身だ。

とても己から漏れた声だとは思えず、愕然《がくぜん》とする。

しかし驚いたのは彼も同様らしく、眼を見開いてこちらを見下ろしていた。

「ブリジット、本当に体調が悪いのではないのか?」

自分を案じてくれている態度と言葉にクラクラした。こみ上げた歓喜は場違いで、つい先刻まで膨《ふく》れ上がっていた憎しみと怒りは、完全に消え去っている。それこそ欠片も残さず、霧散していた。代わりに湧き上がるのは真逆のもの。

負の感情とは無縁の、喜びや楽しさといったものだ。

ブリジットはそれらの正体を知っている。以前、微かな芽生えの時に摘み取った、ある意味懐かしいものだからだ。けれど、かつて抱いていたものとは比べものにならないほど強烈で凶悪な奔流に溺《おぼ》れそうになる。

この人に見つめられたい。声を聞きたい。触れてほしい。もっと。もっと。

――ローレンス様が好き。

「……っ？」

辿り着いた答えに呆然とする。今自分は何を思った？

混乱の極みのまま、ブリジットはせめて視線を逸らそうとしたが、動かせない眼差しは、彼だけを熱烈に見つめていた。瞳が潤んでいるのは気のせいだと思いたい。火照《ほて》る頬も何かの間違いに決まっている。高鳴る鼓動は、怒りのためだ。

そうでなければおかしい。とても認められない反応に、ブリジットは震え出した。その間も狂おしいほどにローレンスへ惹きつけられて、五感の全てが制御を失いつつある。

――愛している。

――いいえ、憎い。

――愛おしくて仕方ない。

――ありえない。お姉様を死に追いやった人に、何を考えているの？

――この人を自分だけのものにしたい。

真逆の感情に引き裂かれ、大混乱が巻き起こっていた。どちらも囁くのはブリジット自身の声なのに、想いはまるで重ならない。

両立するはずのないものがブリジットの内側で声高に叫んでいた。やがて勝利したのは、ふわふわとした甘い執着心だ。

「……好き」

漏れ出た言葉に驚愕し、慌てて取り消そうとしたブリジットの左手薬指が熱を孕《はら》んだ。思わず見下ろせば、自分のものではない金の指輪。大きな紫色の石が、妖しい光を放っていた。

刹那、この指輪が原因だと直感する。

非現実的で馬鹿馬鹿しい妄想だ。こんな指輪程度で、今の状況に陥ったとはとても思えない。だがブリジットは、常識を越えた何かの干渉がなければ到底あり得ない感情を持て余していた。

「これは……何ですか。嫌っ……」

拒絶のため否定の言葉を吐こうとする度に、指輪はますます熱くなる。同時に心が見えない鎖に縛りつけられるのを、確かに感じた。

雁字搦《がんじがら》めになる。もう、指一本自分の意思では動かせない。爪の先、髪の毛一本までが支配される。ブリジットの全ては、ローレンスに繋がれていた。けれど最も自分を困惑させたのは、それらを拒否する気になれないことだ。

喜びを持って、受け入れている。身も心も彼のものになりたいと願い、自らローレンスの腕の中に飛び込んでいた。

「……っ」

息を呑んだのは、己か彼か。

お互い動けなくなって、密着したまま暫《しば》し時間が流れていた。ただ、ローレンスの胸から暴れる鼓動が聞こえてくる。それはブリジット自身の心音と重なり合い、ますます激しく高鳴ってゆく。苦しいほどに加速して、甘い痛みを呼び起こしていった。

「――父上が言っていたのは、こういう意味だったのか……」

低く吐かれた彼の発言の意味は分からない。ブリジットは多大なる恍惚感の中にいたからだ。

ブレンダを死に追いやった男の腕の中で、ブリジットは紛れもなく幸せに包まれていた。愛しくて堪らないと感じるローレンスに抱きしめられ、酔いしれている。頭の片隅では嫌悪を抱かないことへの疑問があるのに、圧倒的な甘美さに覆われてしまった。

ひたすらに、彼が愛しい。

それ以外、何も考えられない。考えたくない。今この瞬間の満ち足りた多幸感より大事なものなど、何一つ思いつかなかった。姉の喪失でさえ、遠くへ追いやられてしまう。

――こんなことは、おかしい。なのにどうして、泣きたくなるほどローレンス様が好きで堪らないの……？

枯らせたはずの萌芽が、一気に育ってゆく。今まさに大輪の花を咲かせようとしていた。絶対に咲かせてはいけない恋という名の花を、満開に。

「……ふ、はは……なるほど。だから父上は――」

軋んだ笑い声を上げる彼の手が、ブリジットの背中に回される。強く。激しく。逃がすまいとするように。

苦しいほどの力で抱きしめられ、感じたのは喜悦だ。絶大な狂喜の只中でブリジットの唇は弧を描いていた。瞳は陶然とローレンスを見つめ、潤んでいる。鳴り響く鼓動と高まる体温。あらゆる反応が指し示す事実はたった一つ。

――彼を誰よりも愛している。

そんなはずはないという声は、もはや小さな囁きだった。消えかけてゆく最後の足掻《あが》き。理性の叫びはどんどん遠ざかり、最後は絶叫を残して霧散した。

「……ブリジット、この指輪は僕の母が死ぬまで嵌めていたものだ」

「……知っています。とても大切にされていたと、記憶しています……」

自分がしたとは思えない素直な返事をし、ブリジットは相変わらず微笑んでいた。もっとローレンスの声を聞きたい。話しかけてほしい。見つめられているだけで天にも昇る心地がした。溢れる恋情に背中を押され、うっとりと眼を細める。

背の高い彼と抱き合っていると、顔を合わせるには上を見続けることになり、少しばかり苦しい。しかしそんな苦痛さえ喜びに変わった。

ローレンスが与えてくれるものならば、あらゆることが幸せだ。全てが大切な宝物。何一つ取りこぼしたくなくて、ブリジットはつま先立ちをして、彼に縋りついた。

「ぜひ、君に受け取ってほしい」

「ありが――――」

お礼を言おうとしたブリジットの喉がつかえる。先ほどまでの混乱は落ち着いて、この胸にはひたすらローレンスへの愛情しかないのに、どうしても最後まで言葉が出てこない。

『嬉しい、是非』と喉元まで出かかった台詞は、音にならずに止まっていた。

パクパクと開閉するだけの唇は微かに震えている。本心に沿わない言葉を発すまいと懸命に戦っていた。

「……まだ、完全には支配しきれていないということか……」

それは、全ての原因がこの指輪なのだと言っているのも同然だった。けれど惑乱するブリジットの思考は纏まらない。何も考えられないまま、歪な笑みを浮かべ彼だけを凝視している。締めつけられるような痛みを放つ左手薬指だけが、奇妙に現実感を帯びていた。

「ブリジット、僕と結婚してくれるね？」

ええ勿論、喜んで。

求められている答えは理解している。言おうとする気持ちもある。それなのにブリジットの舌は動いてくれなかった。口の中で凍りつき、痙攣しながらギリギリのところで踏みとどまって、得体の知れない力と熾烈《しれつ》な戦いを繰り広げている。心と身体、そして頭がばらばらになりそうだ。自分で自分が理解できない。何一つ意のままにならず、『こうしたい』と思うことさえ、本当に己の願いかどうか判然としないのだ。

「あ……ぁ、あ……」

全身の力を掻き集め、ブリジットは瞼を下ろした。ほんの数瞬視界を遮断して、息を整える。

本能が、肉体に命じていた。するとほんの少し、あらゆる強制力が弱まった気がする。少なくとも呼吸が楽になり、震えていた唇が落ち着いてきた。

――どういうこと……？　まさか、ローレンス様の姿を見ていると、この症状はひどくなるの……？

「ブリジット？　返事をしてくれ」

「っ、ん」

耳たぶをなぞられ、愉悦が背筋を走った。触れられた場所に熱が灯る。囁かれた際に吹きかけられた吐息が艶めかしい。もっとしてほしいと思いかけ、ブリジットは自分を戒めた。

いけない。このままではまたおかしくなってしまう。

せっかく最悪の状態から抜け出せたのに、再び引き戻される予感に慄く。たぶんそれは、杞憂ではないと思う。少しでも気を緩めれば、またわけの分からない状況に引き摺りこまれるだろう。そうなったら、今度こそ抜け出せないのではないか。

根拠などないに等しいが、ブリジットは自分の直感に従い、一歩後退った。先ほどまでこちらから積極的に身体を預けていたことに油断していたのか、彼の腕から抜け出すのに成功する。ローレンスが何か言うより早く、今度こそブリジットは身を翻して逃げ出した。

「待ちなさい、ブリジット！」

縺れる足を懸命に動かし、ドレスの裾を持ち上げてとにかく走った。みっともないなどと考える余裕もなく、転がるようにして教会の外へ飛び出る。待たせていた馬車に乗り込み、御者を急かして走り出した後、ようやく全身から力を抜いた。

ガンガンと頭が痛む。無理な運動をしたかの如く、身体中にも痛みがあった。疲労困憊《こんぱい》とは、まさにこのこと。ブリジットは脱力しきった手足を投げ出し、だらしなく馬車のベンチに身体を委《ゆだ》ねる。今の震えはたぶん、急激に恐ろしくなってきたからだ。

「いったいあれは何だったの……」

恐る恐る左手に眼をやれば、大ぶりの指輪が薬指に嵌まっている。慌てて外そうとしたが、やはりびくともしなかった。

こんなものをしたまま家に帰ったら、両親に誤解されてしまう。一刻も早く外してしまおうとブリジットは足掻いたが、何をどう頑張っても、指の根元から移動してくれない。途方に暮れた結果、ブリジットは指輪の上から布を巻いて隠すことにした。

髪に結んでいたリボンを解き、薬指に巻きつける。怪我をしたと言えば、当面はごまかせるだろう。その間に何とか外す方法を考えればいい。

とりあえず指輪が直接見えなくなったことで、ホッと息を吐いた。思った以上に疲弊していたらしい。ブリジットは眼を閉じ、深々と呼吸した。ローレンスから離れ、やっと息を吸えている気がする。先ほどまで、本当に苦しくて堪らなかった。最初は怒りや悲しみ、そこから派生した憎しみのせいで。次は急激に生まれ育った恋情のせいで――

「……違うわ！　あれは、そんなものじゃないっ……」

誰に言い訳するでもなく、ブリジットは首を左右に振った。

恋ではない。恋であってはならない。そんなことになったら、自分自身が許せない。きっとこんなにも強い憎悪を抱いたことがないから、感情が混乱しただけだ。持て余す怒りの表し方を、間違えただけだろう。

無理やり自分を納得させ、ブリジットは馬車の小窓を閉めた。

馬の蹄《ひづめ》の音だけが狭い空間に響き渡る。振動に身を任せ、今日のことは忘れようと心に決めた。何はともあれ、用件は済んだ。ブリジットはきっぱり結婚を断ったし、これで終わりにできるはず。勝手に嵌められてしまった指輪は、後日送り返せばいい。母親の形見を突き返されれば、流石の彼も考えを改めるだろう。晴れて破談だ。

——これでお終いよね？　あとはお父様が納得してくださる結婚相手を探して家を継げば、お姉様の秘密も守られる……。

とにかく今はそれ以上何も考えたくなくて、ブリジットは眼を閉じ、頭の中を空っぽにしようと努めた。

3　捕獲される蝶

　ブリジットが最良の結婚相手を見つけるために最初にしたのは、友人に手紙を書くことだった。

　流石にまだ着飾って夜会に繰り出す気にはなれないし、そもそもそんな目立つ真似をすれば、父の耳にも入ってしまう。考えた末に、ごく少数の気心が知れた友人や、趣味の集まりに呼んでもらうことにしたのだ。

　表向きはお茶会。実際には若い男女の出会いの場だ。夜会ほどあからさまに結婚相手を探すのではなく、もっと緩くお喋りを楽しむ意味あいが大きいが、新たな人と出会える可能性は高い。しかも信頼のおける友人の眼に適った人物しか参加できない集まりのため、ブリジットも安心して出席できた。

「アメリ、急にお願いして、ごめんなさい」

「いいのよ、ブリジット。塞ぎこんだ気持ちが少しでも解消されるのなら、私喜んで協力するわ」

親友のアメリには、事情を話して助力してもらった。だが、説明したのは『前向きな気持ちを取り戻した』ことと『自分が婿を取る必要に迫られた』ことのみだ。ローレンスの件は口にしていない。とても言う気にはなれなかった。

「私は貴女が外に出る気になってくれただけで嬉しいわ。ブレンダ様とブリジットは、本当に仲のいい姉妹だったものね……」

善良なアメリは、手を握ってブリジットに微笑んでくれた。

姉を亡くし、屋敷に引きこもっている間も彼女は気にかけてくれ、何度も手紙をくれていたのだ。返事をすることさえままならず不義理をしたブリジットに、変わらぬ友情を示してくれる友人がありがたい。

しかし利用しようとしている罪悪感から、上手く微笑み返すことができなかった。

「今日の集まりは、読書好きの人たちだけよ。穏やかで、知的好奇心のある方ばかり。話題が合えば、楽しい人たちだと思うわ」

身元は保証すると告げられ、ブリジットはホッと息を吐いた。

「何から何まで……ありがとう。アメリ」

「親友だもの。当然じゃない。貴女を信用ならない男には任せられないわ。だから今日のお客様は選りすぐりの人たちを集めているの。誰を選んでも間違いはないし、ただの友人として付き合うにしても、お勧めよ」

勿論女性も知り合っておいて損はない面々ばかりだと言われ、苦笑した。彼女の顔の広さには恐れ入る。やはりお願いして良かったと、ブリジットは心底思った。

「……あら？　貴女、指を怪我したの？」

「えっ」

首を傾げたアメリが、ブリジットの左手をじっと見つめていた。薬指には包帯が巻かれている。

教会でローレンスと話をした日から一週間。彼からの音沙汰はない。勿論、こちらからも一切連絡はしていない。あまりに静かに時間が流れ、ひょっとして全て悪い夢だったのではないかと思うほどだった。

ただ一点、未だに指輪を返せていないということを除けば。

あの日、レミントン子爵邸に逃げ帰ってから、ブリジットはあらゆる方法で指輪を外そうとした。

油や石鹸で滑りを良くしてみたり、指のむくみを取るために冷やしたり、マッサージを施してもみた。紐《ひも》を使えば抜けると耳にし、それも試してみたけれど全て失敗に終わっている。

力ずくで頑張ってもどうにもならない。痩《や》せればいいだろうかと思いこの数日食事を減らしているが、即効性がなく、残念ながらまだ成果は得られていなかった。つまりは八方塞がりで困り果てているのである。

いっそ指輪を切断することも考えたが、これがローレンスの母親の形見だと思うと、躊躇われる。いくら彼が憎くても、亡くなった人が大切にしていたものを傷つけたくはなかった。

それに、ブリジットが幼いうちに彼の母は亡くなってしまったからほとんど記憶はないけれど、数少ない思い出の中でもとても優しくしてもらったことを覚えている。

年齢より若く見える少女のような美貌で、いつもおっとり微笑んでいたローレンスの母、エレイン。彼の父親と深く愛し合っているのは、子供ながらにもよく分かった。二人の愛情を受け三人の息子たちは伸び伸びと育ち、レミントン子爵家の姉妹も彼女に懐いていたのだ。

そんなエレインが大切にしていたものを壊すのは、できれば避けたい。死者を冒瀆《ぼうとく》する行為は、ブリジットの主義に反していた。

――もう少し痩せて、それから色々試してからでも遅くはないわ。

最後の手段は思いつく限りの手を尽くしてからにしよう。指輪はきついわけではないのだから、多少の隙間を作れれば外せるはずだ。そもそも、嵌めることができたものが抜けないわけがない。

――それにしても、指輪が異常の原因だと一瞬でも思うなんて、私もどうかしていたわね……。

教会で指輪を嵌められた時はひどく混乱していて、おかしな気分になっただけに違いないのに、てっきりこれのせいだと思いこんでしまった。我ながら単純だと思う。そんな非現実的なことなどあり得ないのに、あの場の雰囲気に呑まれたのかもしれない。

自分はまだまだ精神的に子供なのだ。馬鹿馬鹿しい妄想に囚われて、心の均衡を崩すところだった。指輪が人知を超えた力を秘めているわけがない。

ブリジットは包帯の上から薬指を撫で、アメリに頷いた。

「ちょっと不注意で切ってしまったの」

「そうなの？　指の付け根を切るなんて、器用ねぇ」

呆れた声を出しつつも、彼女は納得してくれたらしい。もう痛みはないと言うと、話題を変えてきた。

「ああそうだ。もしも今日、めぼしい相手が見つからなかったら、次回は別の集まりを企画するわ。慈善活動に熱心な方々はどう？　少し年齢は上がるかもしれないけれど、尊敬できる人たちが多いし、何よりも裕福な方々ばっかりよ」

「ちょっと気が早いわ、アメリ。私はとにかく今日、精一杯頑張るつもりよ」

悠長に構えている時間はない。一日でも早く、父を納得させられる結婚相手を見つけなければならないのだ。

逸る気持ちを抑えつつ、ブリジットはアメリに続いて邸内を歩いた。場所は彼女が今年の誕生日に父親から贈られた別邸。小振りな建物ではあるが、趣味のいい家具が置かれた居心地のいい空間だ。ここで友人は様々な会を主催しているらしい。

こんな高価な贈り物を娘に与える財力があることからも分かる通り、アメリの父は相当成功を収めている高位の貴族である。付き合う相手も一流。当然、娘のアメリも人を見る眼は養われており、彼女の紹介ならばブリジットの両親も納得してくれると思われた。

「今まで貴女はこういう集まりに興味を示してくれなかったから実は寂しかったのよ。来てくれて嬉しいわ。さ、この部屋よ、どうぞ入って」

通されたのは、日当たりのいい明るく広々としたサロンだった。

既に数人の男女が歓談しており、新参者のブリジットへ視線が集まる。

「皆さん、本日はレミントン子爵家のブリジット嬢が参加してくださったわ。どうぞ交流を深めていってね」

女主人よろしく、アメリが紹介してくれた。彼女の言った通り、全員穏やかそうな雰囲気で、いかにも噂好きといった風情の者は一人もいない。そのことに安堵して、ブリジットは淑女らしく挨拶をした。

「初めまして。どうぞよろしくお願いいたします」

「こちらこそ、よろしく。私はトーマス・カルヴァートと申します」

早速、一人の男性がにこやかに応えてくれた。カルヴァート家と言えばブリジットと同じ子爵の称号をいただいている貴族だ。歴史は古く、評判もいい。本人はややふっくらとした身体つきと穏やかな風貌が優しそうで、ブリジットは好感を抱いた。

「抜け駆けは良くないな、トーマス。ブリジット嬢、お近づきになれて光栄です。私はアラン・ファイルズです。以後お見知りおきを」

「あら、せっかく女性の参加者が増えたのだもの。私にも挨拶させてくださいな」

あっという間に取り囲まれ、それぞれの自己紹介が始まる。

ブレンダが亡くなって以来すっかり賑やかな場から遠ざかっていたブリジットは、眼を白黒させながら懸命に相手の名前を覚えた。

「もう、皆さん。一斉に名乗ってもブリジットが困ってしまうわ。ほら落ち着いてくださいな」

アメリに助け船を出され、ようやく椅子に座ることができたが、何だか初っ端から疲れてしまった。慣れないことをするものではないと思うけれど、上々の滑り出しに強張《こわば》っていた肩から力が抜ける。

「いきなり騒がしくてごめんなさいね、ブリジット。最近いつも同じ顔ぶれだったから、新しい参加者が珍しいのよ。歓迎するわ」

「ええ、ありがとう。皆さん気さくで、仲良くなれそう。嬉しいわ」

アメリが厳選して集めたと言うだけあり、遊び慣れた人や悪意を持った人は混じっていないようだった。異性との交際経験がないブリジットでも、これなら気を張らずにお喋りできそうだ。

「ふふ、美味しいお菓子とお茶も用意してあるわ。それから連絡しておいたお勧めの本は持ってきてくれたかしら？」

「勿論よ」

この会に参加するにあたって、何か一冊本を持ってきてくれと言われていた。それぞれ持ち寄った本について語り合うのが一番の目的であるらしい。

ブリジットは悩んだ末に、以前読了した恋愛小説を持ってきていた。少し子供っぽいかなと思ったけれど、ここで背伸びして小難しい本を紹介しても仕方がない。本当に面白いと感じたものについて語り、共感してくれる人でなければ結婚を考えるのは無理だと思ったのだ。

――本当は、最近読んだ本にしようかとも思ったけれど……

それはブレンダが勧めてくれた本だ。この数年で最も夢中になって読み耽った作品。しかしあの本は思い出す度に、続きを貸してもらおうとして姉の部屋を訪れた記憶に繋がってしまう。今のブリジットには、手に取る勇気さえ持てなかった。

もしかしたらもう、あの物語を最後まで読むことはできないかもしれない。心の傷が癒えるまで、眼にするのも辛かった。

――きっと永遠に無理だわ……お姉様を喪った苦しみが癒える日なんて、一生来るはずがないもの……

諦念の中、他の人たちが持ってきた本がテーブルに並べられてゆくのを見守る。その中にはまだブリジットが目にしたことがないものや読んでみたかった作品もあり、沈みかけていた気持ちが僅かに高揚してきた。

「あ……これ、私も探していたのです」

「面白かったですよ、是非読んでみてください」

趣味が共通する者同士、会話はすぐに弾んだ。だが、気持ちが上向くのと同じだけ、自己嫌悪も胸の内に沈殿してゆく。

――お姉様はお亡くなりになったのに、私だけ笑っているなんて――

いくら目的があってこの場に来たとはいえ、一度抱いてしまった罪悪感は薄れることなく、息苦しいほどに楽しい気分に冷水を浴びせかける。強張りそうになる表情を無理やり綻ばせ、どうにか暗い夢想を振り払おうとしたが、あえなく失敗した。

一瞬でもブレンダを忘れることはあり得ない。

忘れることこそ罪。

姉の苦しみを理解できなかった自分には、刹那の癒やしも許しも必要ない。逃げてはいけないと己を戒めた。

――浮かれている場合じゃないわ。もっと気を引き締めなきゃ。あの男に一瞬でも心を奪われている暇はないのよ――

一週間前の教会でのことを思い出し、胸が痛くなる。あれ以来おかしな感情を掻き立てられることは一度もなく、今でも不思議でならなかった。いったいあれは何だったのだろうか。

考えるほど、混迷が深まってゆく。どちらにしても、自己嫌悪を膨らませるには充分な出来事だった。

無意識に包帯の下の指輪に触れる。

そこから気もそぞろになってしまったブリジットは、盛り上がる人の輪から外れ、一人、本を読むことにした。と言っても、ただ字面を眼で追っていただけだ。読書をしている振りをしていれば、誰にも話しかけられずに済むと気がつき、物思いに耽っていた。

――こういう場所は、やっぱり私には向かないのかしら……

元来、あまり社交的な性格ではない。ブレンダとローレンスに対してだけは例外だったけれど、どちらかと言えば一人で過ごす方が気楽なのだ。それも部屋の中にいるのではなく、自然の中を散策するのが子供の頃から好きだった。不特定多数の人に、愛嬌を振りまくのは成長した今でも苦手だ。

「——ブリジット、疲れちゃった?」

アメリが飲み物を傍らのテーブルに置いてくれたのに気づき、ブリジットは本から顔を上げた。

「あ……ごめんなさい。この本をどうしても読んでみたくて、つい」

「いいの。責めているんじゃないわ。この集まりはお喋りをしてもいいし、本を読んでもいい自由な会だもの。好きに振る舞ってくれて構わないのよ」

彼女が指し示す方向を見れば、ブリジットの他にも二人ほど読書に没頭している人がいた。だが彼らと違い、自分は本を楽しんでいたわけではない。何となく申し訳なくなってアメリの顔を見られなかった。

「……私からお願いしたのに、上手く溶け込めなくてごめんなさい」

「気にしないで。誰だって最初はそうよ。だいたい、ブリジットがそんなに社交的じゃないこと、私は知っているもの。参加しただけでも、かなりの進歩よ。褒めてあげるわ」

わざと冗談めかした言い方で励ましてくれる優しい友人に感謝し、ブリジットは眉尻を下げた。

——私は恵まれているわ。だからもっと、強くならなくちゃ。

「そろそろお開きの時間よ。もし気になる方がいたら、私が橋渡しするわよ？」

こっそり耳元で囁かれ、ブリジットは迷った。トーマスには好感を抱いたが、それはあくまでも『知人』の範囲内のことだ。これから深く知り合ってゆけば別の感情を育めるかもしれないが、現時点では具体的な未来が思い描けなかった。

時間が惜しい身としては、ゆっくり関係を深めてゆく余裕はない。かと言って自分の異性の好みを問われても、答えに窮する。

――だって、これまでそんなことを考えたことがないんだもの……

父親以外で身近にいたのは、ローレンスだけ。いつだって、男性と言えば彼が基準だった。彼と比べて、トーマスがどうだと言うのではない。そういう対象として見られないだけだ。

貴族同士の婚姻に、恋愛感情など無用なことは熟知している。大事なのは家のこと。条件さえ合致していれば、問題ない。その点で言えば、トーマスは理想的と言えなくもないのだが――

教会で一度味わってしまった、嵐のような激情。あの禁断の果実めいた恋情の前では、穏やかなトーマスとの時間は色褪せて見えた。

――私が子供なのかしら……トーマス様との生活は想像できない……

結婚は一緒に暮らすことだけではない。その先にあるのは、もっと親密な関係だ。端的に言えば、子供をもうけること。嫁いだ女が求められる役割は、これに尽きる。

つまり夫となった人に操を捧げ、全てを曝け出し、受け入れなければならない。特別なキスさえしたことがないブリジットにとっては未知の領域だった。それを、義務感だけでできるものなのか。叶うなら、心が求める人と添い遂げたいと願ってしまう。

――お姉様も、こんな重圧を感じていたのかしら……？

レミントン子爵家を継いでゆくための教育を受けてきたブレンダには、気楽な妹の身分であったブリジットとは全く違う重責があったに違いない。きっと、押し潰されそうなこともあったのではないか。けれどいつだって毅然と前を向き、自分を気遣ってくれていた。本当は、姉の方が辛かったはずなのに。

――私がもっとしっかりしていれば……――そうよ、未来の生活を思い描けないなんて甘えたことを言っている場合じゃないわ。私が、旦那様になる人に誠心誠意尽くせばいいだけだもの。

ブリジットは己を鼓舞《こぶ》し、改めてアメリに向き直った。

「あの、トーマス・カルヴァート様ともう少し話をしてみたいのだけれど……」

「――失礼いたします。レミントン子爵家よりブリジット様にお迎えがいらっしゃいました」

ブリジットがアメリに仲立ちをお願いしようとした時、使用人がやってきて深々と頭を下げた。

「え？　迎え？」

そんなものは手配した覚えがない。だいたい、今日ここには馬車で来ており、そのまま待たせているのだ。わざわざ迎えがもう一台来るはずがない。

ブリジットが首を傾げていると、使用人の後ろから一人の男性が姿を現した。

「こんにちは、アメリ嬢。突然押しかけて申し訳ない。我が婚約者、ブリジットを迎えに来ました」

「……ローレンス様っ……？」

この場にいるはずのない人。最も会いたくない相手。その彼がにこやかな笑みを浮かべ、立っていた。まるでここにいるのが当然と言わんばかりの落ち着きは、この集いの主役であるかのようだ。ブリジットは驚きのあまり、ローレンスのとんでもない台詞を聞き逃してしまっていた。しかし友人は、しっかり聞いていたらしい。

「ええ？　婚約者って……どういうことなの？　ブリジット！」

「違っ……それは……！」

否定しようとしたその時、ブリジットの心臓が大きく脈打った。先日と全く同じ感覚に襲われ、混乱する。もう完全に治まったと信じていたのに、まだ続いていたのか。上手く声が出せない間に、友人は彼に話しかけていた。

「お久しぶりです、ローレンス様。あの、いつの間にブリジットと婚約されたのですか？」

ブリジットと懇意にしているアメリは、当然彼とも面識がある。興味津々といった様子で眼を輝かせていた。何も知らない彼女にとって、ローレンスはあくまでブリジットの幼馴染だ。その二人が婚約を交わしていたなんて、驚いたのだろう。

横目でちらりとこちらを窺い、小声で文句を言ってきた。

「もう、それなら早く教えてよ。本当にトーマス様を紹介しちゃうところだったじゃない」

唇を尖《とが》らせつつも、アメリが祝福の意を滲ませているのが分かった。不幸に見舞われたブリジットに朗報が訪れたと思い、この善良な友人は純粋に喜んでくれているのだ。

「違うの、アメリ……」

声が掠れ、言葉が出てこない。今誤解を解いておかなければ大変なことになってしまうのに、ひゅうひゅうと鳴るばかりの喉は役立たずだ。ローレンスの姿を見た瞬間から、ブリジットの心も身体も再び囚われてしまっていた。

ドクドクと胸が高鳴る。頬が赤らみ、意識の全てが彼に向かってしまう。

愛おしいと自分の全てが叫んでいた。

――違う。これは何かの間違いよ。だって、さっきまで確かに嫌っていたはずじゃない……！

あの気持ちはいったいどこに行ってしまったのか。探そうにもブリジットの中にあるのは狂おしい恋情だけだった。

久しぶりに彼に会えた喜びで満たされてしまう。名前を呼ばれた歓喜に包まれ、引き攣っていた頬は笑み崩れていた。

「一週間前です。とは言っても、まだ明確な返事を彼女から貰っていないのですが」

「まぁ！　そうなんですね。でも大丈夫ですよ。ブリジットが断るはずがありませんもの」

アメリにはブリジットたちが仲睦まじかった印象しかないのだろう。その後にあった諸々を知らないのだから、この求婚を好意的に捉えるのは当たり前だった。

「ローレンス様、ブリジットを幸せにしてくださいね。彼女はブレンダ様のことでとても傷ついています。――――ああ、本当におめでとう、ブリジット！」

満面の笑みで振り返る友人に返す言葉が見つからない。いや、言いたいことは心の中に渦巻いていた。しかし声になる前に消えていってしまう。儚く崩れ、反論など初めから存在していなかったように欠片も残さずブリジットの中から失せていった。

自分の身体が他人のものになってしまったみたいだ。意思とは真逆の反応をする肉体の檻に閉じこめられ、感情までも乗っ取られてゆく錯覚に陥った。

「そうだといいのですが……けれど貴女が応援してくれているのなら、心強い」

「ええ、勿論！　だってお二人はとてもお似合いですもの」

やめて。

泣き出したいほど辛いのに、浮き立つ心が理解できなかった。ブリジットは、いよいよ自分の精神がおかしくなってしまったのかと恐ろしくなる。もしかしたら、とっくの昔に壊れてしまっていたのかもしれない。ブレンダの死に様を眼にしてしまった、あの時から。

そうでなければ、湧き上がるこの喜びはいったい何なのだ。親友に祝福され、こうして堂々と関係を公表されて弾む胸の意味を説明する言葉が見つからない。ブリジットの心も全身も彼への愛おしさで溢れていた。

左手薬指が熱い。キリキリと締めつけられる。包帯の下で発熱しているのかと思うほど、指輪が何かを訴えかけてくる。

「――アメリ、皆さま。本日は楽しい時間をありがとうございました。私はお先に失礼いたします」

「え、ブリジット？　照れなくてもいいのに」

奇妙な感覚を無視し、ブリジットは急いで別れの挨拶をした。前回と同じく、彼から強引に眼を逸らして、俯き加減のまま脇をすり抜ける。無作法だが振り返りもせず、早足で玄関へ向かった。

逃げなければ。

ひとまずこの場から離れ、落ち着きたかった。

前と同じ状態なら、ローレンスから離れてしばらく経てば平常に戻れるはずだ。そうすれば冷静な判断力を取り戻し、馬鹿げた求婚を撥ね除けられる。アメリには申し訳ないが、後でゆっくり弁明すれば、きっと理解してくれるだろう。

動揺したままブリジットは屋敷の外に出て、車止めにある自分の家の馬車を探した。一刻も早く家に帰るつもりで、小走りになりかけた時。

「ブリジット、迎えに来たと言っただろう？　君は僕と一緒に帰るんだ。レミントン子爵には許可を貰っている」

「……っ？」

油断していた。まさか父と直接やりとりしていたとは。求婚をはっきり断ったから、全て終わったと思いこんでいたが、甘かったと言わざるを得ない。

所詮は世間知らずの貴族令嬢の浅知恵。百戦錬磨の実業家でもあるローレンスに、掌の上で転がされていただけらしい。

「放して……ください」

背後から抱きしめられ、鼓動が暴れる。直接彼の姿を眼にしていないせいか多少は冷静でいられるけれど、耳のすぐ傍で彼の声を聞いてしまうと、ブリジットの膝は崩れそうになった。

甘い疼《うず》きで頭が痺れる。

息が乱れ、声が艶めく。何より、心が濡れた。

「では、僕の馬車に乗って」

「分かりましたから……！」

アメリを含めた大勢の人々の視線を感じて居た堪れない。誰もが好奇心を露にしてこちらを見つめている。そのうちの誰一人として、ブリジットを苛んでいる謎の現象について解説してくれる人はいないだろう。

憎悪と愛情がごちゃ混ぜになりめちゃくちゃになった胸中など。

「貴方と一緒に行きます。だから放して……」

何故こんなに弱々しく懇願しているのか、自分にも理解できなかった。本当なら手を振り解き、ローレンスの頬を叩いて罵倒してやりたい。そうするべきだと叫ぶ声も身の内から聞こえた。

だがこれもまた一週間前と同じで、猛々しい反駁《はんばく》は次第に小さくなってゆく。甘美な感慨に支配され、ブリジットの爪も牙も無害なものへ成り果てるのだ。

「こっちへ」

彼に従うと言ったのに、ローレンスはブリジットを拘束する腕の力を緩める気はないらしい。肩を抱かれ、半ば強引にレミントン子爵家所有のものではない、もっと大きな馬車へ誘導されていた。

「乗りなさい。君の家の御者には、一人で戻るよう伝えてある」

促されるまま中に押し込められ、ブリジットは悄然《しょうぜん》とうなだれるしかない。しかしそれは微かに残った理性の願望であって、実際には彼と向かい合って座り、共に過ごせることを喜ぶ表情を浮かべていた。

扉を閉められれば、馬車の中は二人だけの密室になる。落ち着きなく視線をさまよわせるブリジットは、少しでも冷静さを取り戻そうとして、頑なに下を向いていた。どうやら、眼を閉じ、耳を塞ぎ、意識の外へローレンスを締め出していれば、謎の症状は幾分か和らぐようだ。

彼の顔を見たい、声を聞きたいと願う気持ちを振り払い、必死に別のことを考え、気を逸らしていた。

――もう一度、貴方と結婚するつもりはないと告げなければ。きっと指輪を返していないから、私の本気が伝わっていなかったのだわ。でも今口を開けば、おかしなことを口走ってしまいそう……

揺れ乱れる心を持て余し、口火を切るきっかけが見つからない。走り始めた馬車の振動に身を任せていると、先に話しかけてきたのはローレンスだった。

「――トーマス・カルヴァートを紹介してもらうというのは、どういう意味だ？」

「え……」

どうやらアメリへの言葉が聞こえていたらしい。しかし疚《やま》しいことは何もない。現時点で、ブリジットとローレンスは他人。婚約者だなんて彼が勝手に言っているだけだ。自分は了承した覚えがなく、ならば誰と親しくなろうがローレンスに関係はない。

責める口調で問われ、ややムッとしてしまった。

だがその不快感こそが、ブリジットに正気をもたらしてくれる。

「……そのままの意味です。仲良くなれそうな方でしたので、またお会いしたいと思いました」

「僕という婚約者がいるのに？」

「それはっ、貴方が勝手に言っていることでしょう……！」

反射的に顔を上げてしまい、ブリジットは瞬時に後悔した。

絡み合う視線。高まる熱。息苦しさが急激に増した。

「……君はその指輪を受け取ったはずだ」

狭い空間で、膝がつきそうなほどの距離に彼がいる。認識しないようにしていた存在感が、一斉に襲いかかってきた。

手を伸ばせば簡単に触れ合える距離に〝愛しい人〟がいる。そのことが麻薬的な快楽になってブリジットの全身を侵食していった。

「受け取ったのではありません。貴方が、無理やり……」

だが、返すのが遅れていたのは事実だ。指輪を外せなかったという理由があったにしても、あれから一週間経過してしまったことで、ブリジットの勢いは削がれてしまった。

「この前言った通り、それは僕の母のものだ」

包帯を巻いた下に、指輪が嵌められたままだと確信している様子で、ローレンスは言う。こちらに伸ばされる手に首を竦めると、膝の上に置いていた左手が彼の大きな手に包まれていた。

「妻になる人に贈るよう、僕が父から受け継いだ。——アンカーソン伯爵家は、そうやって代々当主の妻になる女性に婚約指輪としてこれを渡してきたそうだ。まぁ、今回僕はあの家の跡継ぎではないけれど」

「そんな大事なもの……私は受け取れません」

「君の指に、誂えたようにピッタリなのに？」

確かに大きさはぴったり合っていたし、肌にもしっくりと馴染んでいた。普通、大ぶりの石が使われている指輪は、その重みで回ってしまうことが多く、いつの間にか中央がずれて、不格好な状態になってしまうのに、この指輪は、常に理想的な位置から動かなかった。気味が悪いほど。

「……今、外しますっ……！」

半ば意地になり、ブリジットは薬指を覆っていた包帯を取った。多少指を傷めてでも抜き取ってやると決め、力ずくで指輪を引っ張ろうとする。しかし隠していたそれを眼にした瞬間、強い意志は呆気なく砕かれていた。

深い紫の色味に眩暈がする。吸い込まれそうな妖しさに、暫し見惚《みと》れた。

大きな石に映るのは自分自身。まるで宝石の内側から見返されているような気がして、ブリジットは凍りついていた。

――失いたくない。ローレンス様の花嫁の証である、この指輪を。

塗り替えられた思いで、胸がいっぱいになる。だから、ブリジットが指輪を凝視している間に彼がほくそ笑んでいるなんて夢にも思わなかった。

「……信じていなかったが、素晴らしい効き目だな」

「あっ……」

取られた手の甲に口づけを落とされ、柔らかなローレンスの唇の感触に酩酊する。チロリと肌を舐められて、喘ぎ声も同然の息が漏れてしまった。鼻にかかった甘い声が、自分のものだなんて思いたくもない。

しっかりしなければと己を戒める力より、彼に引き寄せられる引力の方が圧倒的に強い。抗えるはずもない奔流に押し流され、されるがままブリジットは自らの手をローレンスに委ねていた。

「……僕と結婚してくれるね？　ブリジット」

「……ぃ、ぁ、あっ……」

嫌とも承諾の言葉も出てこない。鋭い眼差しに射貫かれて、磔《はりつけ》にされる哀れな獲物になった気分だ。いつの間にか馬車は動きを止めていて、中はシンと静まり返っていた。小窓から外を見れば、緑が広がっている。どうやら気づかぬうちに街中から外れ、ひと気のない場所に来ていたらしい。

「ここは……？」

「心配しなくても、君が素直に頷けばすぐに帰れる」

ならば、頷かなかった場合は？

問いたかったけれど、嫌な予感がしてブリジットは身を引いた。だがすぐさま強く手を引かれ、向かいに座る彼の胸に倒れこむ形になる。

「答えなさい、ブリジット。君は『はい』と言うだけでいい」

「……っ」

唇を開けば、望まぬことをこぼしてしまう。取り返しがつかないことになる予感が、ブリジットの奥歯を嚙み締めさせた。このまま黙りこんでやり過ごせないものか。娘の帰りが遅くなれば、両親は心配するだろう。先ほどローレンスが迎えに行く約束を父と交わしたと言っていたのが本当なら、帰宅が遅れることは彼にとって不利になるはずだ。

上手く働かない頭を必死に働かせ、ブリジットは逃げ道を探った。

馬車の外には人の気配がない。御者は離れてしまったのだろうか。仮にいたとしても、アンカーソン伯爵家の使用人だ。助けは期待できないだろう。

そんなことを考えている内にローレンスの手で髪を梳かれ、堪らない愉悦が身体を駆け抜けた。

触れた部分から快楽が広がってゆく。むず痒《がゆ》いような衝動が下腹に溜まり、もっと撫でてほしいと口走りそうになった。

自らの頬を彼の胸へ押しつけているからこそ感じる、濃厚な匂い。深く吸い込めば、内側からもローレンスに抱きしめられている心地がした。もっと満たされたい欲求に逆らえず、ブリジットは身体全体を彼にすり寄せる。自分の鼻をローレンスの喉の下に擦りつけ、少しでも隙間を減らそうと動いていた。

だが、望まれている言葉だけは決して言わない。それは最後の砦。絶対に越えてはならない分水嶺。ブリジットは今にも転がり落ちそうな崖の縁で佇む自分の姿を幻視した。

「……強情な……」

らしくない舌打ちをし、彼は体勢を変えた。ブリジットはベンチに腰かけているローレンスの脚の上に向かい合って座らされ、慌てて立ち上がろうとする。しかしがっちりと拘束されて身を引くことができなかった。

「やっ……」

男性の脚の上にのしかかる真似などしたことがない。こんな行為をする相手が今まで一人もいなかったからだ。地味で変わり者と言われているブリジットを口説くような物好きなんて、これまで現れなかった。

服を纏ったままでも、逞しく引き締まった男性の腿の感触が生々しく伝わってきて、あまりの卑猥《ひわい》さに涙が滲む。

「君が快く僕の求婚を受けてくれたなら、ここまでするつもりはなかったけれど……仕方ない。まさかそれほどまでに自分が嫌われているとは思わなかったよ。知らない内に自惚《うぬぼ》れていたらしい。――――だから、手段は選ばないことに決めた」

最後通告めいた台詞を囁かれ、痺れがブリジットの全身を火照らせた。

顎を捕らえられ、近づいてくる彼の顔を拒むことができない。いや、たとえ自由になったとしても拒否できなかったかもしれない。

口づけをされるのだと察して尚、待ち望んでしまっていた。

相手は、姉を死に追いやった憎い男。ブレンダの純情を弄び無残に引き裂いた最低の人間だ。いくら呪っても足りやしない。その上悪びれる素振りもなく、妹のブリジットに婚姻を申し込む恥知らずだ。

何が目的なのかも分からない。もしかしたら、自分もまた弄ばれて捨てられるという可能性もある。そこまで理解していても、唐突に押し寄せる恋情に抗えなかった。

唇が重なる。最初は啄むように軽く。何度も触れ合う内、次第に深く長いものへと変わっていった。

ローレンスに誘われて、たどたどしく舌を差し出す。無防備な粘膜を絡ませ合い、吐息を奪い合えば、膨れ上がる愛おしさと興奮におかしくなりそうだった。

――いいえ、私はきっともう壊れてしまったんだわ……

そうでなければ、こんなに積極的にキスに応じるはずがない。自ら彼の肩に腕を回し、唇を開いて迎え入れているわけがなかった。

――好き。この人が好き。

けれど想いを自覚するほどに、心が傷を負っていく気がする。見えない鮮血が噴き出して、ブリジットの何かが死んでゆく。止められない勢いで転がり堕ちていると感じるのは、錯覚だろうか。それでも引き絞られる胸の痛みは、間違いなく恋だった。

「――愛している、ブリジット」

「……！」

それは呪詛に等しい言葉だ。最後の一線を越えまいと自我を保っていたブリジットを、谷底に突き落とす呪文として充分だった。

見つめられ、愛を告げられ、全身の肌が一気に粟立つ。凶暴な歓喜に支配され、指先まで戦慄いた。

「嘘……」

あまりにも見え透いた戯言。ブリジットを誑《たぶら》かすために吐かれた、醜いまやかしだ。

ブレンダが受け取るべきはずだったものが、ブリジットに向けられるわけがない。万が一、本心であるのなら、愛する人の家族にあれほど辛辣なことができるものか。信じられない、となけなしの理性は叫ぶのに、喜びに埋め尽くされた胸が躍《おど》ってしまった。

――ローレンス様は私のもの。私だけのもの。誰にも渡したくない。

――違う！　何もかも私を欺くための嘘よ。お姉様のことを思い出して！

――それでも、この人を愛している。だって私はずっと昔から……

――いけない。それ以上、考えては駄目……！

複数の自分の声がガンガンと頭に響いた。視界が歪み、至近距離で覗き込んでくる彼の表情も、判然としない。嘲笑っているのか、それとも。

「君を愛しているんだ、ブリジット」

ピキリと、ひびが入る音を確かに聞いた。

何の音なのかは分からない。ただ、今この瞬間、最後の砦はあえなく崩れた。ブリジットを守ってくれていた壁は、粉々に砕けたのだ。

「あぁ……」

私も愛している。そして憎んでもいる。

どちらも本当で、同じくらいに強い思いだ。だが見つめ合い手を取られているこの状況では、愛情が勝っていた。苦しいほどに胸が締めつけられ、息ができない。ぼろぼろと溢れる涙の意味さえブリジット本人にも区別し難かった。

悲しみも喜びも絶望も希望もごっちゃになって、全ては同じところにある。

囚われる。腕の檻に。鍵がかけられる幻聴が重々しく響いた。そして終わりを告げる鐘の音も。まるでブレンダの葬儀の日に聞いた教会の鐘の音だ。死者を弔《とむら》う神聖な音が、自分たちの上にも降り注いでいた。

「絶対に逃がさない。君は僕の妻になるんだ。ずっと、ブリジットだけが欲しかった」

「……嬉しい」

本当に言いたかった台詞は違う。だがブリジットの頭に一瞬浮かんだ言葉はもう、消えてなくなっていた。あるのは甘い砂糖菓子に似た睦言だけ。蕩けてしまった思考は、憎悪を手繰り寄せる労力を放棄していた。

「私も……ローレンス様を……愛、して……います……」

絞り出すように紡いだ言葉は、その幸福な意味と自身の笑顔とは相反し、苦く耳に届いた。発したブリジットでさえ歪《いびつ》だと感じたのだから、彼が気づかないはずはない。ぎこちなく小首を傾げると、ローレンスは額にキスをしてくれた。

「……偽りの言葉であっても、嬉しいよ」

自嘲を孕んだ寂しい笑み。

囁きの意味を考える余裕は、もはやブリジットに残されていなかった。まるで本当に想い合う恋人同士のような甘い口づけの後、喰らわれそうなキスで呼吸を奪われたからだ。激しく乱暴な接吻《せっぷん》。最初から舌を捻じ込まれ、口内を縦横無尽に蹂躙《じゅうりん》される。先刻の口づけがどれだけ生易しいものであったか、嫌と言うほど知らしめられた。

「……んっ、ふ、ぁっ」

しなるほど背を抱かれ、少し苦しい。狭い馬車の中で動ける範囲などたかが知れている。ブリジットは壁側に追い詰められ、今度はベンチに座る自分にローレンスが覆い被さる体勢になっていた。

両腕を左右の壁につかれて、閉じこめられる。逃げ場のない腕の檻の中で、他者の体温を鮮烈に感じた。更にはブリジットの脚ははしたなく開かれて、その間に彼が身体を滑りこませている状態だ。ドレスの裾が踝《くるぶし》まで隠してくれているとは言え、淑女が許される格好ではなかった。

「あっ……」

頭が煮える。心が書き換えられてゆく。何が本当に自分の感情なのかも分からず、圧倒的な幸福感に酔いしれる。

ただ一つだけはっきりしているのは、ローレンスに触れられて不快ではないこと。むしろもっと触ってほしい、密着したいと願っていた。身体の内側、腹の底が甘く疼いて先ほどからずっとブリジットを苛んでいる。

どうしようもない渇望を、この火照りを鎮めてほしい。方法など知らない。けれど彼ならば解消することができるのだと、察していた。他の誰でもない、愛おしくて憎くて堪らないローレンスだけが、きっと自分を救ってくれる。

「愛している、ブリジット」

「んっ……」

囁き一つで感度が上がった。彼と共にいる時間が長引くほど、ブリジットを戒める鎖が重くなってゆく。言葉で、視線で、匂いと熱で、搦《から》め取られる。

左手薬指がジンジン痺れる。紫色の石は蠱惑《こわく》的に輝いていた。

「私……おかしいんです。どんどん変になっている。ローレンス様、私に何かしましたか……？」

「した、と言ったらどうする？　たとえばこの指輪で君を操っているのかもしれない。ブリジットがどんなに嫌がっても手に入れるために、君の心を改変しようとしているのかもしれないね」

「……ひどい人……」

適当な嘘で言いくるめようとする彼が憎たらしい。自分も一度はそんな馬鹿げたことを夢想したが、現実的に考えてあり得ない原因を持ち出してけむに巻こうとしている。けれど騙されるものかと思う端から、ブリジットの思考は崩れていった。

「どんなに嫌でも、君が僕と結婚しなくてはいけないような理由を作る。純潔を奪われてしまえば、後で正気に返っても手遅れだろう？」

それなら何故、ブレンダを捨てたのか。

霞がかった頭では、浮かんだ疑問は泡沫も同じ。ブリジットはローレンスのキスに応えるのに精一杯で、身体から力が抜けてゆく。

みるみる上がる二人分の体温が馬車の中にこもり、余計に思考は麻痺していった。

汗ばんだ肌に服が張りつき気持ちが悪い。姉を偲ぶための暗い色味のドレスが少しずつ乱されてゆく。胸元のボタンが外され、コルセットが緩められ、ブリジットの柔らかな双丘が溢れ出た。

「……何て、綺麗なんだ」

一瞬息を呑んだ彼が、感嘆の声を漏らす。じっと注がれる視線が強すぎて、ブリジットは羞恥を覚え、身を捩った。

恥ずかしい。こんな馬車の中で、いったい何をしているのだ。しかも相手は恋人でも婚約者でもない、姉の死の原因を作った男。けれど恋情に炙《あぶ》られて、拒むという選択肢がなかった。

「見ないで……」

「隠すな」

自らの胸の前で交差したブリジットの腕は、あっさり引き剝がされてしまった。細身の肢体の割に大きく不格好な乳房が晒される。秘かな悩みの種でもあった胸をじっくりと視姦され、肌が際限なく燃えてゆく。全身が真っ赤に染まり、艶めかしく汗ばんでいる。しっとり濡れた皮膚を辿られて、ブリジットの爪先が丸まった。

「んっ、んん……」

たわわな乳房を揉まれ、淫らに形を変えられる。色づいた頂はたちまち硬くなり、卑猥に存在を主張していた。そこへ舌を這わされると、堪らない愉悦が駆け抜ける。

たぶん近くに御者は控えていないけれど、いつ誰に声を聞かれるか分からない。いくら馬車の中でも、屋外であることに変わりはない。屋敷の壁ほどしっかりとはしておらず、当然防音効果など施されてはいないのだ。

もし、万が一外に誰かがいたら。たまたま通りかかった見知らぬ人に、自分のふしだらな声を聞かれてしまう。それだけは嫌だと思い、ブリジットは必死で唇を引き結んだ。

「君の可愛い声を聞かせてくれ」

「ふ、ぁっ」

ローレンスは器用にもブリジットの胸を嬲《なぶ》りながら、残る片手で唇を開かせた。下唇を押し下げて、微かな隙間から口の中に指を捻じ込んでくる。

彼の指を噛んではいけないと思い、ブリジットは慌てて顎から力を抜いた。

「んくっ……ぁ、あ」

すると噛み締められなくなった唇から、淫猥《いんわい》な声が漏れてしまう。一度漏れてしまうともう耐えられずに、掠れた嬌声が次々と溢れた。

「い、ゃああ……ふぁっ」

胸の飾りを二本の指で摘まれ、優しく擦り合わされる。未知の快楽に慄いたブリジットが逃げを打っても、狭い馬車の中で逃れられる空間などない。せいぜいがベンチに深く座り、背後に後頭部を押しつけることくらいだ。

だがそれは、完全に追い詰められているのと変わらない。彼の影に閉じこめられ、身体全体で押し潰される。傍から見れば、華奢なブリジットなどローレンスにすっぽりと覆い隠されている状態だろう。今、突然扉を開けられても、自分の姿は侵入者から見えないかもしれない。

しかし充満する淫靡《いんび》な空気はごまかしようもなかった。

「ひ、アっ」

彼の唾液に塗れた乳嘴《にゅうし》が、外気に触れてヒヤリとする。ブリジットは右脚を持ち上げら

れ、背面に思い切り寄りかからざるを得なくなり、ますます身動きは封じられた。

スカートの裾は捲れ、今や膝はおろか太腿までが露出している。上半身は完全に剝き出しにされていて、ドレスは腹回りに纏わりついているだけ。絹の靴下と靴を履いたままであることが、余計に淫猥さを強調していた。

「ローレンス様っ……」

これから何をされるのか、それがどういう意味を持つ行為なのか、知らないほどブリジットは子供ではない。けれど具体的な知識を持っているほど耳年増でもなかった。

未だ花嫁教育も受けたことがない乙女として、持っている知識はほんの少し。どちらかと言えば内向的な性格が災いし、友人は少ない。アメリとあと数人しかおらず、彼女たちもまだ嫁いではいなかったため、夫婦の営みについて深く知る機会はなかったのだ。

だから下から忍びこんできたローレンスの手に太腿をなぞられて、ブリジットは大仰に身を強張らせてしまった。

柔らかく無垢で滑らかな女の肌を、大きくて硬い男性的な掌が移動してゆく。他者の体温と自分の体温の違いに、緊張と快感が掻き立てられた。

「ぁっ……」

「もっと脚を開いて」

淫蕩な命令に躊躇いが生じる。これ以上は駄目だと、消え去ったはずの理性が首をもたげた。今ならまだ引き返せると、か細い声で助言してくる。これ以上進めば、必ず後悔する。取り返しのつかない罪に、苦悩するのは確実だと思われた。

「可愛い。ブリジット」

それなのに、名前を呼ばれ、劣情を宿した瞳で彼に見つめられると、あらゆることが些末なことに思えてしまう。こんなに愛しているのに、何が問題なのかと問う声に耳を傾けたくなる。自分でもまともな判断ができていない自覚はあった。だが拒めない。

狂おしいほど好きで、全てを捧げたい衝動に抗えないからだ。

――まさか、お姉様も同じだったの……？

自ら望んで、ローレンスに身を預けたのか。おかしくなりそうなほどの恋情に支配され、冷静な判断力を失っていたのか。やはりブリジットも、同じ運命を辿るのかもしれない。

嫌だ、と思う。彼に姉の恨みを晴らせないまま自分まで踏み荒らされるなんて、絶対にごめんだ。姉にも申し訳ない。

けれどローレンスは堂々と両親にブリジットとの結婚を申し込んでいる。そしてアメリの前でも婚約者だと言った。だとしたら、遊びではないと信じていいのか――そこまで考え、胸が昂る。恋心が溢れ、彼の望むように振る舞いたくなっていた。

大胆にスカートをたくし上げられ、下着が露出してしまう。床に膝をついた彼が下から見上げてきて、こちらが見下ろす体勢が新鮮だった。

癖のある茶色の髪がさらりと揺れ、その下から印象的な紫の瞳が覗いている。指輪に嵌め込まれた石と同じ色。妖しく高貴な、神秘的な色彩。まっすぐに見つめていると、どちらにも吸い込まれそうになる。

喘ぐブリジットの胸に、彼が顔を埋めた。

こちらと視線を絡めたまま、見せつけるようにゆっくり舌を出し、乳房の先端を舐められた。肉厚の舌がいやらしく蠢き、桃色の果実を転がしている。舌先で弾かれる度、たゆんと淫らに揺れる。

「……っぁ、ぅ」

ゾクゾクと愉悦が溜まり、ブリジットは眼を逸らせなくなった。

薄桃色に染まった肢体が汗を纏い、濃密な芳香を放っている。自分の匂いがローレンスの香水と混ざって、得も言われぬ香りに変化していた。呼吸の度に吸い込んでしまい、酒に酔ったのと同じように酩酊してゆく。しかも香りはどんどん濃くなり、ブリジットを内側から侵食していた。

洗っても取れないのではないかと思うほど、染みつき同化している気がする。そんな想像さえ喜悦に変わり、捏ね回される乳房から全身に悦楽が広がってゆくのが怖い。

――駄目。受け入れては駄目。……ああ、でも、何故いけないのだっけ……？

少し前まではブリジットの心の真ん中にあったものが、今は見つからない。彼を拒まねばならない理由があったはずなのに、思い出せなかった。考えることも億劫で、ブリジットの胸へ無心に舌を這わせるローレンスの髪を梳く。すると左手薬指に嵌まった指輪が眼に入った。

――大事な、指輪。

彼から貰った宝物。これさえあれば、大丈夫。

悩む心が一気に晴れる。細かいことなど、もうどうでもいい。大切なのは、大好きな人と愛し合えることではないのか。お互い想い合っているのなら、多少順番が狂っても問題などあるはずがない。

ブリジットは嫣然と微笑み、ローレンスの頭を抱きしめた。

「……愛しています、ローレンス様」

「ああ、僕もだ。――哀れなブリジット」

愛し愛され、幸せの絶頂にいるはずの自分に彼は奇妙なことを言う。

「哀れ……どういう意味ですか？」

「可哀想だということだよ。偽りの想いを掻き立てられて、こうして嫌いな男に全て奪われてしまうんだから。それもこんな場所で。だが、君に純潔のまま花嫁衣装を着せてあげることは、できそうもない」

よく分からないが、ベッドでもない馬車の中で行為に及ぼうとしていることを謝ってくれているのだろうか。確かにブリジットだって、初めての時はもっと落ち着いた場所で夢のような状況が良かったけれど、贅沢を言うつもりはない。大好きな人に求められるなら、それが一番の幸せだ。

愛してもいない相手と政略結婚で結ばれることを思えば、破格の幸運だろう。自分には無理と諦めていた分、喜びは大きい。

本心では、ずっとこうなることを願っていた。ブレンダではなく、自分を見て——と。再び熱烈な口づけをされ、キスに夢中になっている間に下着を下ろされていた。これでブリジットの肌を隠してくれるのは、ほとんど脱げかけのドレスと靴下と靴だけ。クラバットさえ外していない彼とは雲泥の差で、自分ばかりが恥ずかしい姿にされている不満から唇を尖らせてしまう。

すると、凄絶な色香を滴らせたローレンスが、ゆっくりと服を脱ぎ出した。とは言え、ジャケットを脱ぎ胸元を軽く緩めただけだ。それでもちらりと覗く胸板の逞しさに、ブリジットの息が乱れる。

女性のものとは違う、男性の硬くしなやかな肌と骨格。初めて眼にするもので、はしたないと知りつつ、凝視してしまう。

「観察するような眼で、あまり見ないでほしいな」

「私の身体は、ご覧になったくせに」

しかも隠すなと命令までした。

反射的に言い返すと、彼の唇が弧を描く。

「まるで昔の君に戻ったみたいだ。あの頃は旺盛《おうせい》な好奇心を隠そうともせず、そうやって文句でも何でも言ってくれていた。いつからか、君は僕との会話自体避けるようになっていたな――」

寂しそうだと感じたのは気のせいだったのか。ブリジットが瞬いた後にはもう、劣情を滾らせたローレンスに戻っている。だが一瞬見せたその表情は、以前の彼と変わらないものだった。

いつも穏やかで、何か言いたげに姉妹を見つめていた彼。ブリジットはそれを、ローレンスから姉への恋心故だと思いこみ、二人の仲を邪魔してはいけないと遠慮していたのだ。切なく、懐かしいと呼ぶにはまだ鮮やかすぎる思い出。

回想するのは辛い。

ブリジットは強く眼を閉じ、記憶を封じた。

「――やめよう。昔を懐かしんでも仕方ない。もう当時には戻れないし、戻るつもりもない。君がどれだけ嫌がったとしても、僕の妻になってもらう。せめて苦痛が少ないことを願っている」

ブリジットの左手を取った彼は、薬指の指輪に口づけた。まるで、許しを乞うように。

いや、懺悔《ざんげ》するかのようにも見える敬虔《けいけん》さで、暫し頭を垂れた。

「ローレンス様……？」

「愛している。偽りでいいから、ブリジットからも聞かせてくれ」

「偽りだなんて、とんでもない。私は、本当に貴方を――愛、して、い、ます」

本心を口にするだけで、ぎこちなくなる理由が分からない。言い淀むことなく、もっと想いを込めて告げたいのに、どうしても喉に言葉が引っかかる。不思議だと困惑するブリジットの頬を、彼は愛おしげに撫でてくれた。

「ありがとう。残酷な要求をして、すまなかった」

「どうして謝るのですか……？」

「自分でも分からない。許されるとは思っていないくせに、僕は贖罪を望んでいるらしい。――自分勝手だな」

苦々しく吐き捨てた後、ローレンスはブリジットの内腿に手を滑らせてきた。既に下着を脱がされているから、そこは何にも遮られていない。あっという間に繋みへ到達され、ブリジットはぶるりと震えた。

自分でもほとんど触れたことがない、不浄の場所。

夫にのみ許される、秘められた園。

ピタリと閉じた淫裂を上下になぞられ、腰が戦慄く。恥ずかしくて堪らないが、床に膝をついた彼の顔がブリジットの両脚の付け根に潜り込んだことで、感じていた気恥ずかしさなど可愛いものだったと思い知った。

「やっ……！」

「君のここは、随分狭い。充分解さないと、大変なことになる」

「でもっ」

外はまだ明るく、いくらひと気の少ない街道でも、絶対に無人ではないのだ。

そんな場所であまりにも淫猥な行為をしようとしている自分たちに愕然とした。これまで読んだどんな恋愛小説にも、これほど淫らな描写はなかった。そもそも男女の秘め事は、その名の通り秘密裏に行われるものだ。

宵闇の中、夫婦の寝室で行儀よく愛しい人に身を任せるもの。

少なくともブリジットはそう信じていた。だからこの場で最後まではしないと思っていたのに――

「駄目……んっ、ァアッ」

胸を弄られた時とは比べものにならない快楽が弾けた。神経が集中する敏感な淫芽を、ローレンスの舌が転がしている。舌先で突かれ、ねっとり押し潰されたと思えば、今度は揺さぶられる。それらのどれもが、どうしようもなく気持ち良かった。

きちんと座っていられなくなったブリジットは、ベンチの上で体勢を崩し、ずるずると前へ滑ってしまう。結果、だらしなく腰を突き出すことになり、彼が舐めやすい姿勢にされてしまった。まるでこの淫蕩な戯れに自ら協力しているみたいだ。

「んんっ……ァっ、ぁあっ……ゃ、あッ」

じっとしていられなくなった脚が宙を掻き、爪先が向かいのベンチにぶつかる。

「暴れては危ない。じっとして」

「無理っ……はぁんっ」

ビクビクと跳ねてしまう身体は、ブリジットの意思ではどうにもならない。勝手に動いてしまうのだ。今だってローレンスの顔を太腿で挟みこみ、彼に苦笑されていた。

「ブリジット、君の太腿に挟まれるのは柔らかくて気持ちがいいけれど、舐めにくいな」

「舐めなくて、いい……アッ、ぅ、ぁあっ」

「本当に？　こんなに蜜を溢れさせて、感じているのに？」

羞恥心を煽る言葉を言われなくても、先ほどから微かに聞こえる水音が、ブリジットに己の淫らさを突き付けていた。

ぴちゃぴちゃと粘着質な水音が奏でられている。その音がローレンスの唾液によるものだけでないことくらい、自分でも分かった。ブリジットの内側から、何かが蕩ける感覚があるからだ。甘い熱に浮かされて、体内から滲み出す愛蜜。

大切な人を迎え入れるために女の身体は準備を整えるのだと聞いたことがある。まさに今それが自らに起きているのだと思うと、恥ずかしくて堪らない。どんなに否定の言葉を紡いでも、正直に『欲しい』と答えてしまっているのと同じだ。

「声を聞かせて。手で押さえないで」

自分の口を塞いでいたブリジットの手は引き剝がされ、静かに命令を下される。従わなくてもいいはずなのに、どうにも抗えない。ブリジットは緩々と手を下ろし、息を乱しながら片膝をつく彼を見下ろしていた。

紫の双眸が、危険な光を孕んでいる。獰猛な獣に喰らわれている錯覚を起こし、すっかりのぼせた頭がクラクラとした。

恍惚の表情を浮かべるブリジットに満足したのか、ローレンスは再び淫裂に顔を近づける。

「ふ……ぁ、あっ」

今度は指も使い、慎ましい入り口を開かれる。濡れそぼったそこは、難なく彼の指を吞みこんでいった。

「あっ、ぅくっ……」

「痛い？　ブリジット」

「待ってくださ……っ、ゃ、怖い……っ」

痛みよりも、異物感がひどい。吞み込めた一本の指はごく浅い部分で止まっている。何ものも受け入れたことがない隘路は固く閉ざされていた。そこを、男性にしては細いとは言え、節くれだった指が強引に往復しているのだ。慣れない感覚にブリジットが恐怖を覚えても仕方がなかった。

「大丈夫、落ち着いて」

「んんっ」

言うなり花芯をべろりと舐められ、快楽を呼び覚まされる。包皮を剝かれた無防備な淫芽を軽く吸い上げられて、眼前に星が散った。

「……あっ、ぁああっ」

大きすぎる愉悦にガクガクと四肢が痙攣する。閉じられなくなった口の端から唾液が伝い落ち、幾度も腹を波立たせた。経験したことのない絶大な快感に、ブリジットの頭が混乱する。

硬くなった花芽を捏ね回され、柔らかくなった媚肉を内側から摩擦される。濡れた襞は敏感で、たちまち悦楽を拾い出した。くちくちと掻き回され、むず痒くてじっとしていられない。ブリジットが思わず腰を揺らめかすと、ローレンスは心得たように太腿を担ぎ上げ、密着度を高めてきた。

「んッ、ぁ、あ……っ、ま、待って……！」

すっかり感度が上がってしまった身体は、高みから降りられなくて辛い。快楽も過ぎれば毒になるのだと、初めて知った。

彼の指がもう一本増やされて、更に奥へと侵入してくる。固く閉ざされていた門が押し開かれてゆくのを、ブリジットは感じていた。

再び絶頂へ押し上げられる。達してもやめてもらえず、何度も喜悦の波に攫われた。

むしろブリジットが歓喜の声を上げる度、甘い責め苦は激しくなる。声を出さずにいられない部分を集中的に攻められて、いやらしい蜜がどんどん滴り落ちた。

「ぁああっ……駄目ぇっ……」

ベンチの上でずり落ち、斜めに傾いだ身体から見上げる馬車の内部は、いつもと視点が違うせいかひどく背徳感がある。普段とは別の角度で壁や天井を見上げ、淫らな格好で喘いでいる。ほぼ半裸の汗まみれの状態で、ブリジットの目尻から涙が溢れた。

「泣かないでくれ、ブリジット。君に泣かれると、辛くなる」

「私……」

悲しいのか嬉しいのか、それとも気持ちが良すぎて涙腺が決壊したのか。何の涙なのか判然としない。泣いているという事実にも、ローレンスに指摘され初めて気がついた。頬を伝う滴を身体を起こした彼に拭われ、至近距離で見つめ合う。焦点がぼやけるほどの近さで顔を覗き合い、額に落とされたキスは、まるで許しを乞うかのようだった。

「……それでも、引き返すつもりはない」

「ぁ、ふ」

衣擦れの音が聞こえる。床には、自分の下着とローレンスのジャケットとクラバットが投げ出されていた。ぼんやりとそれらを眺めていたブリジットの秘裂に、何か硬いものが押し当てられる。

「……？」

「君を奪うよ。もっと僕を憎み、嫌ってくれて構わない。どちらにしてもブリジットが僕の妻になることは変わらないのだから」

愛を囁いた口で憎悪を煽る彼は、歪な笑みを張りつけていた。見る者の胸を軋ませる、歪んだ微笑み。

ローレンスの真意が分からず、自分の感情さえ曖昧なブリジットは、混迷の中で彼に手を伸ばしていた。

「……愛しています」

「――それが本当なら、どんなに良かったか」

「あっ」

隘路を引き裂かれる痛みにブリジットは身を強張らせた。反射的に仰け反ったせいで、後頭部を強かに後ろへ打ちつける。するとローレンスが抱き起こし頭部を庇ってくれた。

「ひ……っ、い、ぁあ」

しかしそれは互いの隙間が埋められて、彼の剛直が一層深く侵入することも意味していた。逃げ場のない箱の中、じりじりと喰らわれてゆく。傷口を摩擦される痛みは鮮烈で、先ほどまで揺蕩《たゆた》っていた愉悦はもうどこにもない。

たっぷり溢れた愛液で滑りは良くなっているはずなのに、ブリジットの無垢な入り口は狭く、異物を拒んでいた。

「……っ、力を抜いて」

「ぐっ……い、う……」

呼吸もままならないのに、力の抜き方など思い出せるはずがない。とにかく激痛に苛まれ、どうにもならず小刻みに震えて耐えることしかできないブリジットを、しかしローレンスは決して逃がしてはくれなかった。

容赦のない力で押さえつけ、腰を進めてくる。彼にとっても苦痛を伴う行為なのか、激しく息を乱し、汗を滴らせていた。雨のように降り注ぐ呼気と滴の下、ブリジットは歯を食いしばる。

痛い。辛い。苦しい。

こんなことを、世の中の夫婦がしているなんて、とても信じられない。相手が愛する人でなければ、耐えられるとは到底思えなかった。好きだと感じられる特別な人が自分に触れ、慈しんでくれるから、どれほど苦痛でもやめてほしくないと願えるのだ。

――ああ、やっぱり私はローレンス様を愛しているんだわ……

幸福感が胸に迫る。求められる喜びに新しい涙が滲んだ。

――なのに何故、身体だけではなく心も痛いのだろう？

どこかで扉が閉まる音がする。いや、違う。あれは錠が下ろされる音。二度と開かれることのない、重々しい施錠音。暗闇に響き渡る金属の軋みが、ブリジットの中でいつまでも尾を引いていた。

「……ブリジット、これで君は完全に僕のものだ」

官能的な囁きを耳に注がれ、不穏な空想は断ち切られた。

ハッとして瞬けば、今までのどの時よりも自分と彼は重なり合い、隙間なく一つになったことを実感する。腹の中は苦しいほどの圧迫感に侵されていた。

「あ……」

ジンジンと秘所が痛む。引き裂かれそうな激痛で、まともに息も吸えない。それなのに溢れる歓喜が、ブリジットに笑顔を作らせていた。

「……無理に笑わなくていい。そこまでの贅沢は、求めない。ただ一緒に……僕から離れないと誓ってくれ」

声を出すのが辛いので、ブリジットは小さく顎を引いた。懇願されなくても、離れるつもりはない。これからは二人、共に生きてゆく。それは何て甘美で――滑稽《こっけい》な未来だろう。

「ありがとう」

ローレンスが口づけたのは、指輪。紫色の石が一際輝きを増す。彼の瞳と同じその色に、搦め取られたことを実感した。

「動くよ」

「……っ、うっ」

ゆっくり引き抜かれた屹立《きつりつ》が、再び押し込まれる。一向に去らない激痛がひどくなった。だが繋がり合う場所の上部にある花芯を摘まれると、得も言われぬ快感が掻き立てられ、ブリジットの声に艶が混じる。

苦痛だけではない疼きが下腹に生まれ、嚙み締めていた顎から力が抜けた。

「ブリジット……ああ、やっと手に入れた」

「あっ、あ、ん、はぁっ」

ぐちゅ、ぐちゅと卑猥な水音が狭い空間に響き渡る。いやらしい熱気と匂いがこもり、二人の動きに合わせて馬車が揺れる。あまりにも淫らなその律動に、羞恥を覚えていられたのは束の間のことで、すぐにブリジットは内壁を擦られる痛みと微かな淫悦に囚われた。

「ぁあっ……や、ひっ……」

「君のここが、僕を咀嚼しているのが分かるかい？」

喰らわれているのは自分だと思っていたのに、ローレンスはブリジットの下腹に手を置き腰をぐるりと回した。

「ひっぁああ……」

結合部から泡立った愛蜜が溢れ、ドレスとベンチを汚していた。わざと音を奏でているようで、聞くに堪えない水音が激しくなってゆく。滑る肌は汗ばんで、すっかり体液塗れになってしまった。

唾液を交換する深いキスを交わし、上も下も交じわり合う。自由に動けない空間で、もどかしく身体を揺らした。ぐちぐちと局部を擦りつけ合って、舌を絡めて手を繋ぐ。次第に彼は物足りなくなったのか、渇望を宿した眼をしてブリジットを抱え直した。

「あ……ぁんっ」

一度持ち上げられた身体が下ろされたのは、ベンチに腰かけたローレンスの上。彼の太腿を跨ぐ格好で座らされていた。

「……ぁあ……深いっ……」

未だローレンスの楔《くさび》はブリジットの体内に収められたまま。先ほどまでとは違い深々と貫かれ、頤《おとがい》を反らして打ち震える。脚に力を入れて膝立ちになろうにも、がっちりと腰を抱かれているせいで叶わなかった。

「苦しい？　ブリジット」

素直に苦しいと言えばやめてくれるのだろうか。ブリジットの知る以前の彼は、こちらが嫌がることは絶対にしない紳士だった。いつも無条件に優しくて、どんな我儘も笑顔で受け止めてくれた。

だが今は、決して言いなりになってくれない予感がする。

絡みつく腕が、視線が、言葉の全てがブリジットを捕らえるために行使されている。全身を戒める鎖の幻影が再びちらつき、一瞬、意識が遠のいた気がした。

もうどこにも、昔のローレンスは存在しない。ここにいるのは、己の願望のために他者を踏みつけにしても心を痛めない、悪魔のような人間だ。そしてブリジットは捕まってしまった。いや、むしろ自ら、我が身を捧げてしまったに等しい。

「あぁっ……は、ぁんッ」

下から突き上げられて跳ね上げられ、落ちてきたところをまた深く抉られる。ごりごりと最奥を穿たれ、ブリジットの口から嬌声が迸った。

まだ未熟な肉壺が、健気にも彼を締めつける。たどたどしい動きで扱き、女の本能が精を強請っていた。もっと奥に来てと誘い、蠢いて舐めしゃぶる。

「やあぁ……強く、しないでぇ……っ」

「……っく、……動いているのは、君の方だ」

視界が忙しく上下に振れ、ブリジットは落とされまいとしてローレンスの首に縋りついた。豊満な胸を押しつける形になるとは思いもせず、がむしゃらにしがみつく。

乳房の頂を吸われ、背中を撫で下ろされれば、快楽の水位が急上昇した。

「はぁあッ……あ、ぁあぁあっ」

光が、飽和する。全身が痙攣し、ビクビクと躍った。

「ブリジット……！」

「ぁぁあ……っ」

高みに達した腹の中を熱液で叩かれ、もう一段愉悦の階段を上がる。あまりの気持ち良さにブリジットは声もなく身体中を戦慄かせた。

熱いもので内側が染められる。満たされる感覚に絶頂から降りてこられない。ローレンスは全て吐き出そうとするように、二度三度と腰を振った。

「……ぁ、ぁ……」

最後の一滴まで、丁寧に塗りこめられる。彼の熱く乱れた吐息がブリジットの耳朶を湿らせた。

「……ずっとこのまま、君の中にいたいな……そうすれば、すぐに子供もできるだろう」

恐ろしいことを言われた気もするが、疲労のあまり意識を手放しかけているブリジットには最後までは聞き取れなかった。

急激に重くなった瞼が下りてくる。四肢も頭も、心も全てが重苦しい。左手薬指で輝く指輪だけが、ひどく満足げに妖しい光を反射させていた。

――アンカーソン伯爵家の方々と……ローレンス様の瞳と同じ色……。

その思考を最後に、ブリジットは夢の中へ堕ちていった。

4　逃れられない結婚

「ローレンスと結婚しなさい、ブリジット」

厳しい顔で命じた父の横で、母も頷いていた。

レミントン子爵邸の食堂で、親子三人はそれぞれ別の表情を浮かべている。父は生真面目な顔に威厳を加えて、母は喜ばしい話に瞳を輝かせて、そしてブリジットは、この世の終わりのような陰鬱な面持ちで俯いていた。

アメリに会った日から三日後。

ローレンスに純潔を奪われたブリジットは、すっかり日が暮れた後で家に送り届けられた。乱れた服や髪、化粧は直されていたが、未婚の娘が出歩くには遅すぎる時間の帰宅に、両親は察するものがあったのかもしれない。しかも娘の左手薬指には、ローレンスから贈られた指輪が輝いていたのだ。その日から『速やかにローレンスと結婚しろ』という声が一層強くなった。

けれどそれだけならばまだ、ブリジットも抵抗のしようがあったと思う。それこそアメリに頼んで、他の誰かを紹介してもらい、新しい出会いを見つけることも可能だったはずだ。中には、ブリジットが純潔でないことに口を噤む者もいないわけではない。

しかし問題は、そのアメリだった。彼女はすっかりローレンスをブリジットの婚約者だと信じ込み、口止めするよりも早くあちこちで話を広めてしまったのだ。しかもあの場にいた他の人たちも、口さがない噂話には興じないけれど、おめでたい話題ならば積極的に語る方針だったらしい。

結局次の日には、ブリジットとローレンスの婚約はあちこちで周知のことになっていた。こうなっては、ただの噂話だと一蹴することは難しい。どう頑張っても、選べる道は一つだけだ。彼と結婚する――――それ以外に自分とレミントン子爵家、そして姉の名誉を守る方法はないに等しい。

――だけど、嫌……あの人との婚姻なんて、とても考えられない……先日の私は、いったい何を考えていたの……

激しい自己嫌悪の中、ブリジットは強く拳を握り締めた。

三日前の自分は頭がおかしくなっていたとしか思えない。何故身体を許してしまったのか、今ではもう全く理解できなかった。ローレンスに感じていた恋慕は、跡形もなく消え失せている。教会でのやりとりの後と同じ。

自分でもわけが分からない気持ちの乱高下に、ブリジットは怯えていた。

医者にかかろうにも、とてもこんなことは説明できない。気が触れたのだと思われて、隔離されてしまうのが関の山だろう。両親にも迷惑がかかる。

だから、部屋に閉じこもってじっと口を噤むことしかできなかった。そうして三日間、極力口をきかずに過ごしていたのだが――今日ついに、父によって部屋の外へと連れ出されたのだった。

「これは決定事項だ。お前にとっても悪い話ではあるまい。何故ローレンスへの返事を先延ばしにする？」

「そうよ、ブリジット。あの方は毎日我が家に立ち寄って、貴女の病状を聞いていくのよ？」

流感にかかったと嘘を吐いて、ブリジットは彼からの連絡を全て断っていた。手紙は読まず、面会も拒否している。その意味を、ローレンスが分からないはずはあるまい。

にもかかわらず彼は連日足を運んでくるらしい。

求婚をされ、ローレンスのような男性にこんなふうに求められて、嫌がる娘はそうはいないだろう。しかしブリジットに限って言えば、頑なな心がより冷えて固まってゆくだけだ。

「もう少し、時間をください。まだお姉様が亡くなって半年も経っていません」

「それは重々分かっている。だが私たちも若くはない。娘の幸せな花嫁姿を、一日でも早く見たいんだ。……人生は何があるか分からないからな……」

「ブリジット……正直言うとね、私たちも貴女に家のことを突然押しつけているようで心苦しいの。でも、悲しいことばかりではなく、喜ばしいことにも眼を向けてほしいのよ」

彼らの言うことは至極もっともで、反論の余地はない。親の愛情も感じられた。ブリジットだって、自分の言っていることがただの時間稼ぎだという自覚はあった。

問題を先延ばしにし、現実から逃げたがっているだけ。もうどこにも逃げ道は残されていないのに、どこかに抜け道があるのではないかと足掻いているだけだ。

もし自分が家を継ぐ立場でなかったら、修道院に身を寄せるなど他にも方法はあったかもしれない。しかしレミントン子爵家のため、それは許されなかった。ブリジットは婿を取り、この家を守っていかねばならない。

しかも相手は誰でもいいわけではなく、この家の歴史、名誉、財産を一緒に背負い、守ってくれる優秀で身分のつり合いが取れた男性でなければいけないのだ。そんな条件を兼ね備えた人は少ない。いたとしても、美しく聡明だったブレンダならいざ知らず、特にこれといった長所も持たないブリジットでは、選択肢の数はたかだか知れていた。

つまりローレンス以上に理想的な相手はどこにもいないのだ。

「まさか、他に想う相手がいるのか？」

「違います！　そんなことでは……っ」

「だったら、お受けしなさい。お前もそのつもりがあるから、ローレンスから指輪を貰ったんじゃないのかね」

「これは……」

未だ外れる気配も見せてくれない指輪を摩り、ブリジットは言い淀んだ。これを嵌めている限り、何を言っても説得力がない。特徴のあるデザインだから、両親もかつてローレンスの母であるエレイン伯爵夫人が身に着けていたものだと、すぐに思い出したらしい。大切な母の形見を贈るほどブリジットに本気なのだと、彼らは手放しで喜んでいる。そんな二人に、無理やり嵌められてしまい抜けないだけだとは、とても言い出せなかった。

せっかくブレンダの死を乗り越えるべく前を向き頑張ってくれているのだ。そこに自分までが不幸になっては、とても顔向けができなくなってしまう。

ただでさえ男子として生まれなかった自分に負い目を感じているブリジットは、何も言えずに黙りこむことしかできなかった。母は自分を生んだ後、子を望めない身体になっており、もしブリジットが男子だったのなら、姉に余計な負担を強いることもなかったのだ。

「きっとブレンダも妹の結婚を喜んでくれるだろう」

――それだけは、絶対にないわ。

暗く冷たい感情が、ぞろりと首をもたげた。姉のことを思う度、ブリジットは少しずつ自分の精神が削られ死んでゆくのを感じる。

死の間際、妹を守ろうとして手紙を残してくれたブレンダに申し訳ない。自分ではどうにもならない流れに呑まれ、姉の最期の助言を全て無駄にしようとしている。このままではいけないと思っても、もはや抗う術は残されていなかった。

退路は完全に塞がれている。一本道が向かうのは、ローレンスの作る檻。後はもう、進む速度を変えることくらいしかブリジットにはできない。

――偽りであっても、あの人を愛していると錯覚したままでいられたら、少しは楽だったかしら……

馬鹿な妄想をし、ブリジットは自嘲した。

――冗談じゃない。そんな弱音を吐くこと自体が、お姉様への冒瀆《ぼうとく》だわ。

あのおかしな気持ちに縋りたいだなんて、間違っている。忌まわしい恋情は、一過性の病と同じだ。治ってしまえばこの通り、ブリジットの中には彼への憎しみしか残されていない。理由も原因も全く分からないが、あの感情は紛い物だ。

幻。偽り。呪いと同じ。

自分がローレンスを愛することだけは、決してない。だったら、いっそ。

ブリジットは爪が食い込むほど拳を固め、大きく息を吸って父を見つめた。

「――分かりました。ローレンス様と、結婚します」

逃れられない運命なら、敢えて飛び込もう。きっとこれは、自らの手で姉の復讐を果たせという神の思し召しなのかもしれない。ブリジットを哀れに思い、天が絶好の機会を与えてくださったとは考えられないだろうか。――そうとでも思わねば、とてもやっていられなかった。

――お姉様、貴女を苦しめた人を、私は絶対に許しません。私はあの男の傍で、彼を監視し罰する機会を窺います。何が目的なのかを探り、お父様とお母様を必ず守ってみせます……！

心は明け渡さない。心の通わない冷たい家庭を築き、ローレンスに後悔させてやるのだ。固い誓いを心に刻み、ブリジットは処刑場に向かう罪人の気分を味わっていた。

ブリジットとローレンスの婚約は速やかに交わされ、結婚式の話もトントン拍子に進んでいった。自分が積極的に動かなくても、張り切った母が指揮を執ってくれる。ブレンダの喪が明け次第、二人は正式に結婚する運びとなった。

時期やお互いの立場を考えると、異例の早さに面白おかしく噂を流す人々もいたけれど、概ね好意的に周囲は祝福してくれた。

「本当におめでとう、ブリジット！」

花嫁衣装を纏ったブリジットの手をアメリは涙ぐみながら握ってくる。心の底から感動している親友に無理やり微笑み、ブリジットはそっと眼を逸らした。

空は晴れ渡り、雲一つない青空がどこまでも広がっている。穏やかな風が運んでくるのは、今が盛りの香しい花の匂い。大勢の人々に祝福され、ブリジットは今日、ローレンスと結婚式を挙げていた。

両親は涙ぐみながらも華やいだ笑みを浮かべている。ブレンダを亡くして以降、あれほど生き生きとした姿を見るのは初めてかもしれない。暗く沈んでいた雰囲気を、一時的にでも払拭できたなら、今日の茶番にも意味はあったと思えた。

繊細なレースを幾重にも重ねた優美なドレス。髪に飾られたのは、瑞々しい白の生花。ブーケも様々な種類の白い花を束ねたものだ。ブリジットは純潔を示す花嫁として佇み、皆が望む『幸福な花嫁』を演じていた。

何もかも偽りであることを知っているのは自分だけ。この身は清らかではなく、幸せでもない。何より夫となる人を全く愛していない――はずなのに。

「ブリジット、疲れていないか？」

逞しい腕に腰を抱かれ、耳元で囁かれた瞬間、胸が甘く締めつけられた。

隣に立つのは、花婿であるローレンス。今日の彼は、光沢のある灰色の上衣がよく似合っている。豪華な刺繍が施された細身の作りは長い手足を強調し、ローレンスをより魅力的に見せていた。先ほどから女性陣の熱い視線を一身に集めており、ブリジットも見惚れてしまった一人だ。

「平気……です」

ぎこちなくなったのは、胸がときめいてしまったからだ。どうしようもなく鼓動が高鳴り、緊張する。いつも以上に麗しい姿の彼が自分の夫になるのだと思うと、紛れもない歓喜が全身を満たした。

昨晩まで、ブリジットはあれこれ理由をつけてローレンスとほとんど会おうとしなかった。彼の方も多忙で、基本的に王都に居を構えているため、領地から離れないブリジットとの時間を作ることは難しかっただろう。

結局、婚約してから顔を合わせた回数は、片手の指で足りる程度。その間、ブリジットがしていたのは、ひたすら平静を保つことだった。

思った通り、ローレンスを直接見ない限り、あの奇妙な現象は起こらない。ならば極力接点をなくせばいい。その間に原因を見つけ、病気であれば治療してしまえばいいと思ったのだ。

しかし彼が不在の間、ブリジットに何も変化がなければ治療のしようがなかった。困り果てている内に数か月が経過し、そして今日。

――もしかしたら、完治したかと期待していたけれど――

式が始まり対面した瞬間、己の考えが甘かったと認めざるを得なかった。

正装に身を包んだローレンスは非の打ち所がないほど美しく、思わず見入ったブリジットは、苦しいくらいの昂りを感じていた。

好きという感情が溢れ、負の感情は押し流される。外すことをとうに諦めていた金の指輪が、熱を孕んだ気がした。

式の間中、隣に意識を奪われて、何も考えられない。時折触れる肩や話しかけられる声、何よりも彼の体温と存在感で落ち着かない心地にさせられた。

自分がローレンスの眼にどう映っているかばかりが気になる。少しは綺麗だと思ってくれているのだろうか。この婚姻を心待ちにしてくれていたのか――離れている間は欠片も抱かなかった夢想が、次から次へと浮かんできた。

僅かでも良く見られたくて、顔が上げられない。失望されたくないという思いが強すぎて、ろくに口もきけなかった。

そして結婚式が終盤に差しかかった頃、彼に語りかけられ、飛び上がるほど身を強張らせていた。

「今日のブリジットは、眼も眩む美しさだ。叶うことなら、誰にも見せたくない」

「ありがとう……ございます」

甘すぎる台詞に眩暈がした。何らかの目論見がある言葉だとしても嬉しい。愛おしさに潰されそうな心が歓喜してブリジットの瞳を潤ませた。

制御できない反応に内心戸惑っているのに、ローレンスが近くにいるだけで細かいことはどうでもよくなってしまう。

この人の妻になれて嬉しいと、昨日までの自分には考えられない感情に支配されていた。

「……幸せ？」

「はい、勿論です。ローレンス様」

うっとりとブリジットが見上げると、予想外に真剣な面持ちで見つめられていた。何かを切実に願う眼差しに困惑する。しかしそんな表情さえ愛おしくて、違和感はあっという間に押し流されていた。

「ローレンス様は……違うのですか？」

「いや。この上なく……幸せだ。これ以上を望むつもりはない」

幸福を語りながら、彼の眼は陰鬱に翳っていた。そう言えば、何度もこんな顔を見た気がする。ブレンダの死後、ブリジットが求婚を断った後くらいから。

――ああ、そう。教会で指輪をいただいた後から……？

何故か記憶が曖昧で、よく思い出せない。霞がかったブリジットの頭は、ローレンスを愛しているという想い以外を排除しようとしているみたいだ。彼への恋情以外が塗り潰され、どんどん遠のき消えてゆく。

ブリジットは、束の間不安を覚えたが、ローレンスに手を握られたことで微かな胸騒ぎは消失していた。

「今日からよろしく、ブリジット」

「ええ。私こそよろしくお願いいたします。ローレンス様」

結婚式が終わり、参列者を見送った二人は新居に向かった。そこは以前から父が所有している別邸で、本宅とはさほど離れていない。レミントン子爵家に婿入りしたローレンスだが、しばらくは二人だけの新婚生活を送りなさいと父が気を配ってくれたのだ。

夫婦二人きりの生活には充分な広さの別邸で、ブリジットはほっと息を吐いた。

緊張続きだった結婚式が終わり、思いのほか疲れていたのだと思い知る。自分では今日の準備を積極的にしてこなかったが、それなりに気を張っていたらしい。

そんなやる気のなかったブリジットとは違い、仕事をしながらレミントン子爵家を継ぐべく父に教えを乞うていたローレンスはもっと大変だっただろう。

覚えなければいけないこと、やらなければいけないことが目白押しだったはずだ。彼を労る気持ちが沸き起こり、ブリジットは浴室にいるローレンスに思いを馳せた。

――きっと大変だったでしょうね。……でも、ご自分で望まれたことだもの。自業自得だわ……

彼が視界に入らないと、ゾロリと憎しみが顔を覗かせる。やはり、ローレンスが傍にいるかどうかがブリジットの感情に影響をもたらしているようだ。両極端の思いに引き裂かれ、どれが自分の本心なのか分からなくなってきた。

相対していれば狂おしい恋心に支配され、離れていれば憎悪が充満する。まるで甘い毒と猛毒を交互に与えられているみたいだ。しかしどちらもブリジットを害するものであることに変わりはない。

疲弊しているのは、結婚式の疲れだけとは思えなかった。おそらく、こういった心労も重なっているのだろう。

ブリジットに起こっている異常は、きっと姉を喪ったことが見せる幻なのだ。喪失感を受け止めきれず、精神が病みかけているのかもしれない。だったら、いずれ癒やせる日が来るはずだ。その日を信じて惑わされまいとする。

――お姉様……どうか私を守って……

改めて、自分の中にある憎しみが少しも消えていないことを確かめた。こうして確認しないと維持できないことこそが、既に気持ちを揺さぶられている証拠なのだが、敢えて目を瞑る。

――怖い。

いつか完全に自我を失うのではないかと怖くて堪らない。

おかしくなっている時のブリジットは、間違いなく幸せなのだ。冷ややかな感情を育てている時よりも、ずっと満たされ至福の時間を味わえる。ローレンスを愛し、未来を夢見て、彼の優しさに感謝する。触れられ、名前を呼ばれて、愛される喜びに打ち震えるのは、素晴らしい経験だった。

だからこそ、恐ろしくて仕方ない。

いつかそちらのまやかしが晴れることなく、ずっと居座るようになったらどうしよう。本心からローレンスを愛おしく感じ、愛情が憎しみを凌駕《りょうが》してしまったら。

ぞっとする想像に、ブリジットは慌てて荷物からブレンダの手紙を取り出した。

何度も触れているせいで、紙片は角が丸まっている。永遠に変わらぬ姿を留めることなど不可能で、どんなに大事に扱っていても、次第に薄れてゆく思い出のようだ。

ブリジットの中から、いずれブレンダ自身が消えてしまうこともあるのだろうか。

そんな日は訪れるわけがないと思いつつ、いくつかの思い出が既に色褪せていることを実感する。蒔絵の小箱を貰った時の会話を、一言一句こぼさず覚えているかと問われれば、自信はなかった。

人の記憶は当てにならない。自分に都合良く改竄《かいざん》されるものだ。ブリジットにとっての真実が、全ての人に同じ形で見えているわけではないのと同じこと。

――お姉様との思い出も、もしかしたら私の思い違いの部分があるのかもしれないわ。

だからお姉様が苦しんでいたのを見抜けなかったのかもしれない……

ブリジットは丁寧に折りたたんだ紙を小箱に戻し、ベッドに腰かけた。その時、浴室の扉が開かれる。

「起きていてくれたのか？　疲れただろうから、先に眠っていてもよかったのに」

キュウッと胸が引き絞られるのを感じた。甘い痛みが指先まで広がってちりちりと疼く。渦巻いていた怨嗟《えんさ》の声は掻き消され、代わりにふわふわとした柔らかなものが満ちていった。

「――旦那様より先に眠ることはできません」

ブリジットの唇から吐かれた言葉は、自分でも甘えた響きを伴っていると思えた。拗ねた振りをしてしまうのは、『待っていてくれてありがとう』とか『お待たせ』と言ってほしかったからだ。

つい一瞬前の冷えたブリジットの決意は脆くも崩れ去り、石鹸の香りが漂うローレンスに触れられたくて堪らなくなる。自分から駆け寄りたい衝動を抑え込むので精一杯だった。

「嬉しいよ、ありがとうブリジット」

まだ乾き切らない髪を撫でられ、陶然とする。ガウンを羽織っただけの彼は、上気した肌も相まって、とても艶めかしかった。鼻腔を擽《くすぐ》る香りが、自分と同じなのも胸をときめかせる。

「……いいえ。私の方が先にお湯をいただいて、申し訳ありません」

「僕はざっと汗を流したいだけだから、構わないよ。君は昔から風呂好きなのだし、ゆっくり気兼ねなく入ってほしかった」

「覚えていらっしゃったのですか」

ずっと昔、まだ子供の頃に一度だけ話したことがある話だ。あの時はブレンダが笑いながら『ブリジットは止めないと一日中お風呂に入っていそうなの。ふやけちゃうわ』とローレンスにばらしてしまい、その後ちょっとした喧嘩になったのだ。

幼いながらも、家族でもない異性に知られたことが恥ずかしかったのかもしれない。もっと他に恥じらわねばならない点があったのだろうが、ブリジットは少々ズレていた。

そんな懐かしいことを思い出し、苦笑してしまう。

「忘れてください。今ではもう、そこまで長々と入ったりしません。……たぶん」

弱気になってしまったのは、多少普通の人よりも長いかもしれないという自覚があったからだ。友人や知人に聞いたことがないからはっきりとしないが、姉は常々ぼやいていた。

『ふやけちゃうわよ』と注意されたのも、一度や二度ではない。

「……今夜も私、長湯だったでしょうか？」

これでも彼を待たせてはいけないと思い、大急ぎで入ったつもりだ。けれど急に不安になり、ブリジットは眉尻を下げた。

「いや。想像していたより随分早かったよ。呼ばないと出てこないかと思っていたから、拍子抜けしたくらいだ」

「そ、そんなにのんびりしませんっ」

からかわれているのだと知り、ブリジットは隣に腰かけてきたローレンスをポコポコと叩いた。だが呆気なく手首を摑まれ、抗議を封じられてしまう。

「ふふ……昔はよくこうしてじゃれ合って遊んだな。――懐かしい」

両手首を摑まれているため、ごく至近距離で見つめ合う形になる。気恥ずかしくて、吸い込まれそうな紫の瞳から逃れた先に、自分の左手が視界に入った。

「あ……」

ずっと嵌めたままの指輪。もはやブリジットの一部と言ってもいいほどに指に馴染んでいる。隠すことを諦めた日から外す気もなくなっていたが、ずっとつけっぱなしというのも気にかかった。傷がつくと嫌だし、裏側に汚れが溜まり輝きが損なわれる可能性がある。

唐突に、きちんと洗いたいと思い、ブリジットはローレンスへ視線を戻した。

「ローレンス様、一度この指輪を外したいのですが――」

「駄目だ」

何かいい方法はないかと相談しかけたところで、被せ気味に拒絶された。その語調の強さに、絶句する。ブリジットは数度瞬いた後、慌てて首を横に振った。

「あの、ずっと外していたいとか嵌めたくないという意味ではありません。こんなに立派で綺麗な石ですから、きちんと手入れをしないといけないと思ったのです。それに日常的に身に着けるには、私には豪華すぎて少し気後れします」

特別な時にとっておきたいのだと続けると、彼は無表情のままブリジットの左手に自らの手を重ねてくる。

「気にしなくていい。これは僕の君への気持ちだ。——何があっても、絶対に外さないでくれ」

「……は、い」

取り付く島もないとは、このことだ。

何となく気まずい空気が流れ、ブリジットは下を向く。言ってはいけないことを、自分は口にしてしまったらしい。ローレンスに嫌われたくないと思い、気持ちが沈んだ。

すっかり萎《しお》れたブリジットの様子をどう解釈したのか、彼がそっと後頭部を撫でてくる。そしてローレンスの胸に抱き寄せてくれた。

「……身体は、本当に大丈夫か？」

「……？　はい。少し疲れましたが、元気です」

そこまで心配されるほど悄然としていたのだろうか。彼に心配をかけまいとしてブリジットは顔を上げようとしたが、頭部を押さえられているため上を向くことができない。

頬をローレンスの胸に押しつけたまま、じっとしていることしか叶わなかった。

「あの……ローレンス様？」

「……母は、若くして亡くなった。ブリジットがもし不調を感じたら、すぐに教えてくれ」

「は、はい」

彼の母エレインは、美人薄命という言葉が恐ろしいほど似合う人だった。大切な人を早く亡くした経験から、ローレンスは過保護になっているのかもしれない。きっと彼は、ブリジットも早逝《そうせい》するのではないかと恐れているのだ。

――お姉様も若くして命を落とされたから、気にしていらっしゃるのね――あら？

でもお姉様の死の原因は……

何か思い出しかけ、左手薬指に引き攣れる痛みを感じた。手繰り寄せかけていた記憶が、ぼろぼろと崩れ落ちる。これ以上過去を思い起こす気になれず、ブリジットは瞼を下ろした。

「私は、貴方を置いてどこにも行きません。だいたい私の方が年下です。ローレンス様こそ私を未亡人にしないよう頑張ってくださいませ」

縁起でもない冗談も、昔に戻ったようで楽しい。かつてはこうして、何気ないお喋りを何時間でもしていられたのだ。取り繕うことなく笑い合い、時には言い争って、本音でぶつかり合っていた。

楽しい思い出。いつまでも色褪せてほしくない大事な記憶。思い返すだけで心は弾み、あの頃に戻れる気がする――それなのに。

「え……？」

自分の頬を伝う涙に驚いたのは、ブリジット自身だった。泣く理由もないのに、一筋伝う滴に心底びっくりする。

慌てて拭おうとすると、真剣な面持ちのローレンスに止められた。そして丁寧に涙を吸い取られ、彼の唇が頬を辿る間、身じろぎ一つできずに呆然としていた。

「どうして……」

「何も、考えなくていい。――考えないでくれ」

再び強く抱きしめられ、ローレンスの顔が見えなくなった。息もできないほどの力で抱え込まれ、少し痛い。だがあまりにも切実な力のせいか、縋りつかれている錯覚がし、抗うことはできなかった。

直前に見た彼の顔が、これまで眼にしたことがないほど悲しそうだったからかもしれない。一瞬、ローレンスの方が泣き出すのではないかと思ったほどだった。

「……ローレンス様、私、少しおかしいのです。何故か色々なことがぼんやりして分からなくなっていくみたい……忘れてはいけないことを思い出せなくなっているような……」

吐露したのは、両親にも相談できないこと。ずっと一人で抱え込み、怯えていた。彼の背中に手を伸ばし、ブリジットは強くしがみつく。一層密着度が増し、二人の鼓動が同じ律動を刻んでいた。

「このままでは、自分が自分でなくなってしまうみたい。……でも一番恐ろしいのは、こうしていると幸せで、他のことがどうでもよくなってしまうことなのです。仮に何かを失っていたとしても、貴方と幸せになれるのなら、全て捨ててもいいと感じていることなのです……」

ローレンスの腕の中にいられるのなら、何もかも失くしたって構わない。そう本気で思っている自分がどこかにいる。だが同時に罪深さを自覚して、嘆き悲しむ己もいるのだ。どちらが本当のブリジットなのか。日増しに曖昧になってゆく。

婚約が決まった日から今日まで彼と会わないことで、すっかり冷静になったと思っていたのに、むしろ絡みつく鎖は強固なものに変わっていたと認めざるを得ない。もう自力で抜け出すのは無理だと、薄々勘づいている。

しかもそんな戒めと不自由さを心地いいと感じているから、厄介なのだ。

「――――ローレンス様、忘れることは罪ですよね？」

心の重荷を下ろし、自分だけ楽になることと同義だ。死んだ人は前にも後ろにも進めないのに、生きている自分は否が応でも毎日を生きていかなければならない。そのために、捨て去ってゆくものもあった。手放すつもりがなくても、掌から溢れて落ちてゆく記憶の欠片。

きっと気がついていないだけで、沢山のものを忘れていると思う。

ブリジットは顔を上げ、彼の顔をしっかりと見据えた。

整いすぎた容貌に、神秘的な紫の瞳。薄い唇は気難しそうだが、普段は綻んでいることが多いので、柔らかな印象になる。それが今は、沈痛な面持ちで引き結ばれていた。

「……いや。忘却は、神から与えられた最高の贈り物だ」

「え？」

想定外の返答に眼を見開く。自分でも理由は判然としないけれど、てっきり同意されるものだと思っていた。だがローレンスは細く長く息を吐き、ブリジットを抱く手に力を込める。

「……人は忘れなければ、生きていけないこともある。全てを抱えるには、人間の心はあまりにも脆い」

「ローレンス様……？」

実感のこもった言葉に、根拠はないが、彼の体験によるものなのだと思った。

忘れてしまわなければ生きていけないと思ったことが、あるのだろうか。辛くて苦しくて、心の奥底に封じないと、正気を保てなかったほどのことが。

才能や美しさ、家柄にも恵まれているローレンスにも、ままならないことや取り返しがつかないことがあるのかと、意外な心地がする。ブリジットにとって彼は姉と同じで、何でも器用にこなす神に選ばれた特別な人間だと思っていたからだ。

「……ローレンス様には、忘れたいことがあるのですか……？」

そんなものを彼が抱えているとは、知らなかった。けれどよく考えてみれば、ローレンスはまだ小さい頃に実母と死別しているのだ。心の傷になっていてもおかしくはない。

「……おば様のことですか？」

「――それもある。他にも、色々」

やんわりとはぐらかされ、答えを拒否されたのだと悟る。思った以上に深いローレンスの傷に気がつき、ブリジットの胸が痛んだ。

大切な人を亡くすのは辛い。いつ、どんな時であっても。彼を慰めてあげたい衝動に駆られ、そっと手を伸ばした。

「……私は、傍にいます」

ローレンスの頬に手を添え、想いを込め告げる。

――でも何故だろう……私の気持ちの半分も、彼には届いていない気がする……

愛していると告げても、幸せだと言っても、一緒にいると誓っても。ローレンスは嬉しそうに聞いてはくれるが、信じていないのか、言葉は虚しく溶けてゆくようだった。根本的なところで、自分たちは大きくすれ違っているのではないか。

奇妙な不安に襲われたブリジットは、彼の頬から手を滑らせ、もう一度強くローレンスの背を抱き返す。そうすると、余計に愛おしくて堪らなくなった。

――彼が好きで、おかしくなってしまいそう……

ローレンス以外、何もいらない。こうして寄り添っていられれば、満足できる。この人と結婚できて良かったと心の底から感じていた。

「――ありがとう……すまない」

お礼はともかく、謝罪の理由が分からない。だが彼の言葉に疑問を覚え、身を離そうとしたブリジットはベッドに押し倒されていた。

仰向けに寝転んで、見上げた先には恋しい夫。

秀麗な容貌が、今は影に沈んでいる。真剣な彼の面持ちに気圧されて、そして見惚れていた。息を呑んだ刹那、唇が重なり口内に肉厚の舌が侵入してくる。熱く柔らかなそれは、すぐさまブリジットの舌を捕らえ、優しく愛撫してきた。

「んっ……ふ、ぁ」

甘く蕩ける感覚に、ますます思考は霞んでいった。今この瞬間、こうしてローレンスの腕の中にいられるだけでいい。湧き上がる想いは際限なく大きく育ってゆく。靄《もや》がかかった頭は、考えることを完全に放棄していた。

「愛している、ブリジット」

溺れるほどの愛の言葉に身が打ち震えた。ゾクゾクとした愉悦が広がり、指先まで幸福感に浸《ひた》る。

「私も愛しています、ローレンス様」

もはやブリジットに、愛を囁くことに対する躊躇いはなかった。そんなものは既に失われている。むしろ想いは口にするほど高まり、より強固なものへ変わってゆく気がした。

身体を重ねるのはまだ二度目なのに、服を脱ぎ捨て、触れ合う肌の面積が増えるほど、全身が官能的に痺れる。恥ずかしさはあっても、それ以上に密着したい欲が勝った。

いっそ溶け合い一つのものになってしまいたい。彼と同じ存在になって、永遠に離れられなくなってしまえばいい。

――誰にも、引き裂かれないように。でも、誰に?

ふと脳裏を掠めた思いは瞬く間に霧散してゆく。何か大事なことを思い出しかけた気もしたが、一瞬感じた違和感はブリジットの中から失われていた。

裸の胸を彼の手の中に包みこまれ、緩やかに形を変えられる。性急だった馬車の中の時とは違い、ゆっくりブリジットの快楽を引き出された。

ツンと尖った頂を舌で転がされ、淡い快感に吐息が漏れる。ローレンスの呼気で湿った肌が、炙られるように熱を孕んだ。

「甘い、な」

「人の身体が甘いはずありません……」

考えてみれば、彼の裸を初めて眼にした。前回はシャツさえ脱がず、前を寛げただけの状態だったのだ。異性の裸を直視したブリジットは、全身を真っ赤に染め、慌てて視線を逸らした。

バクバクと心臓が暴れている。逞しい胸板に割れた腹筋。ごつごつとしながら、造形美に溢れた腕。悩ましく細くしなやかにくびれた腰。そこまで確認するので精一杯だった。とてもではないが、その下を見る勇気はない。興味はあるけれど、恥じらいも持っているのだ。

自ら顔を隠して背けたブリジットに、ローレンスの含み笑いが落ちてくる。額をそっと撫でられて、怖々と指の隙間から彼を見上げた。何だかんだ言い訳をしても、知的好奇心が勝ってしまったのだ。

「照れる君も、可愛らしい。そして好奇心を隠せないところも」

「み、見ていません」

「別に見ても構わない。君が探求心旺盛なのは昔からだ。それにブリジットは僕の妻なのだし、僕は君をじっくり見るよ」

「え、きゃあっ」

両脚を抱えられ、大きく左右に開かれた。以前は辛うじて腰回りに残されていた衣服が今日はなく、全てが自分からも見えてしまう。ローレンスが舌を伸ばし、ブリジットの花弁に顔を埋めるところまで、全てが鮮明に。

「やっ……」

「じっとして、ブリジット。君はこれが好きだろう？」

「違っ……ぁあんっ」

否定の言葉を吐こうとした刹那、口から漏れたのは艶めいた嬌声だけだった。隠れていた粒を抉り出され、舌先で嬲られる。敏感すぎる場所は、あっという間に淫悦を拾っていた。

くにくにと押し潰され、左右に揺さぶられる。硬い歯の感触さえ、緊張感を帯びた刺激になった。口中に含まれ吸い上げられれば、ブリジットは声も出せずに達していた。

「……っ」

四肢を突っ張り、腰が弓なりに浮く。あまりの気持ち良さに呼吸も忘れた。

「もう、びしょ濡れだ。そんなに気に入った？　だったら、これからは毎日してあげる」

「ま……い、にち？」

こんなことを毎日されては、壊れてしまう。自分が自分でなくなる感覚に、ブリジットは首を振った。慣れない性的な快楽に囚われ、今までと同じではいられなくなってしまう。

それは、とても恐ろしいことのように感じられたのだ。

「駄目だ。何が起きても君が離れていかないように、枷を嵌めておかないと――ああ、本当に……僕は父と考え方がそっくりだな……」

自嘲をこぼした彼が何かを振り払うようにブリジットの内腿に嚙みついた。痛みより驚きで引きかけた脚を摑まれ、嚙み痕をねっとりと舐められる。

「んんっ……」

擽ったさと仄かな痛み。相反する刺激に肌が戦慄く。際どい場所に刻まれた愛嚙みの痕へ丹念に舌を這わされると、ローレンスの髪や鼻がブリジットの花弁を擦った。

「ぁっ……」

たまたま当たってしまっただけのせいか、予測不能な動きで掠められ、余計に疼きが蓄積される。ブリジットが無意識に腰を揺らめかすと、彼は心得たように尖らせた舌先を蜜壺へ捻じ込んできた。

「……っぁあッ」

濡れ襞を優しく、けれど容赦なく嬲られ、愉悦が弾けた。閉じられなくなった口の端から唾液が漏れる。平らな腹を波立たせ、ブリジットは身悶えした。

力の抜けた身体では声を出すのも億劫で、緩慢に視線のみローレンスへ向ける。喘ぐ息の下、唇の形だけで彼を呼んでいた。

――幸せ。大好きな人に求められて、私も彼を愛している。だからこれは間違っていない。夫となった人に身を任せるのは当然のこと。何一つおかしいところなどない。

ブリジットが確信すればするほど、性急にローレンスと繋がりたくて堪らなくなった。早く、自分を繋ぎ止めてほしい。余計なことを考える隙もないほど、埋め尽くしてほしい。鎖で雁字搦めになり、檻に閉じこめられれば、もう馬鹿なことなど考えないで済む。だからどうか――私を貴方のものにして。

指を絡めて手を繋ぎ、瞳の中に彼だけを映した。

眩暈がするほどの充足感。だがあと少し足りない。一度身体を重ねる快楽を知ってしまったブリジットは、この先にローレンスがくれる法悦を覚えてしまった。それを求め、拙い媚態で彼を誘う。

視線で乞い、息遣いで媚を滲ませた。

手管とも呼べない稚拙なものであったけれど、彼に対しては有効だったらしい。ローレンスはゴクリと喉を鳴らし、ギラギラとした劣情を双眸に宿した。

「……僕はもっと、自分のことを理性的で冷静な、我慢強い男だと思っていた。だがそんなものは、いずれ君が振り向いてくれるという根拠のない自信があったからなんだな……実際の僕はこんなにも姑息《こそく》だ」

「ローレンス様……？」

　誰しもが憧れずにはいられない彼が、いったい何を言っているのだろう。先ほどから、彼らしくない弱音じみた台詞ばかりを吐いている。

「……貴方は、いつも毅然としていて、自分に厳しく人に優しい……私にとって尊敬できる方でしたよ？」

　陰から見つめられるだけで満足だった。ローレンスほどの人の隣は、ブレンダくらいの完璧な女性でなければつり合わない。敬愛する二人の並ぶ姿を見守るのが、何よりも好きだったのだ。……いや、好きだと、思いこもうとしていた。

　本当は羨ましくて羨望と嫉妬がない交ぜになったものを抱えていたが、汚い感情は心の隅に追いやり、その過程で、純粋な恋心さえ紙に包んで捨ててしまったのだと、ふいに思い至る。

　実際には、ブリジットだってずっと昔から彼に恋心を持っていたのだ。すっかり忘れていたことを唐突に思い出し、複雑な気持ちになる。

　――何故忘れていたのだろう……私はこの人がもう何年も前から好きだったのに……

　認めてしまうと、不思議と楽になる。

　だからこうなったのも、ごく自然な流れだと納得していた。

　――愛しい人と一緒に生きていくのに、何を躊躇していたのかしら……

思い出せない記憶がチカチカと明滅する。

ローレンスにキスをされてしまえば、辛うじて残っていた理性が急速に遠のいた。今ではもう、迷っていたことさえ曖昧になっている。

「それは本当にブリジットの感情？」

「当たり前です。私は何年も前から、いえ、物心ついた頃から貴方が好きでした」

断言できる。これは奇妙な強制力が働いているのではない。紛れもなくブリジットの本心だ。そう確信できるのに、やはり彼は寂しげに眼を細めただけだった。

「……ありがとう」

想いが、届かない。

望まれた言葉を口にし、望んだ行為に身を任せているのに、どうしてか二人の距離は縮まらない。一糸纏わぬ姿で触れ合っていても、越えられない壁を感じた。それがどうしようもなく寂しいのと同時に、ローレンスと共に過ごせることに幸せも感じていて、もはや何が本物の自分の意志であり感覚なのか、考えることも無意味に思えた。

ブリジットに押し寄せる感情はどれも激しくて、抗うことができない。溺れまいと足掻くだけで精一杯なのだ。

鼻と鼻を擦り合わせ、近すぎる距離に眼を閉じる。彼の体温、香り、重みの全てが堪らなく愛おしかった。言葉で伝えきれないのなら、態度で告げればいい。

ブリジットはローレンスの背中に両腕を滑らせ、筋肉の凹凸を味わった。傷にならない程度に爪を立て、自ら口づけを強請る。

いつだって願いを叶えてくれる彼がくれる接吻を積極的に受け入れ、それだけではなく自分からも舌を伸ばし、ブリジットは恍惚となる。

身体中が歓喜して、どんどん新しい自分が生まれてゆくようだ。幸せすぎて滲んだ涙は、瞬きで散らした。ローレンスが見たら、きっと気にすると思ったからだ。昔から彼は、ブリジットの泣き顔に弱い。どんなにこちらが悪くて叱られている場面であっても、涙をこぼした途端、語調が和らいでしまうことがほとんどだった。

優しくて、少しばかり過保護な幼馴染。そこにブレンダが加わって、いつも三人。それで完全な形だと思っていたが、今は違う。

二人きりでいることがどうしようもなく嬉しい。長年押し殺してきた願望。ローレンスを自分だけのものにしたいとブリジットは望んでいた。しかしあまりにも身勝手で我儘な醜い感情が、自分の中にあるのだと認めたくなかったのだ。

けれど今、彼は許容してくれている。汚れた恋情ごと、ローレンスはブリジットを抱きしめてくれていた。

吐息が混ざり、鼓動が重なる。

汗ばんだ肌を舐められ、蜜が溢れた。ふわふわとした頭に至福が宿る。

「好き……ローレンス様……」

「――ブリジット、もっと言ってくれ」

信じてもくれないくせに言葉だけ欲しがる彼はどこか滑稽だ。でも、可愛らしい。年上の成人男性に言うことではないけれど、胸が苦しくなるほど締めつけられた。抱きしめてあげたいと感じ、乞われるまま想いを音にする。

「好きです。貴方を誰よりも愛しています……」

「……嬉しいよ、ブリジット」

だったらどうか笑ってほしい。少なくとももっと嬉しそうな顔をしてほしかった。

泣きそうに歪んだ表情で苦しげに吐き出された声に、とても喜びは感じられず、むしろ罰を受けている罪人の悲鳴にさえ聞こえる。押し殺した苦痛の訴えを耳にした気がして、ブリジットはじっとローレンスを見つめた。

「何故、そんな顔をするのですか……？」

「君を手に入れられて、満足しているからだ」

到底そうは思えないが、重ねて問うことはできなかった。蜜口を押し広げる硬いものが、半ばほどまで一気に侵入してきたからだ。

「……っぁアッ」

ぐぷぅと腹の中を征服され、圧迫感でいっぱいになる。けれど苦しさは長く続かず、ブリジットの内側は彼のものを大喜びで迎え入れていた。

「……っ、まだ、きつい……な。でも懸命に呑みこもうとしてくれている」

二度三度、小刻みに腰を揺らし、少しずつ屹立が埋められてゆく。未だ異物を受け入れるのに慣れていない隘路は、未熟な硬さを残していた。だが充分に濡れているせいか、痛みはさほどない。それよりも久しぶりにローレンスに抱かれている愉悦の方が、圧倒的に大きい。今夜が初夜だと思うと一層胸が高鳴った。

これで正式に彼のものになれたのだという安堵感。愛する男を手に入れた充足感。そして、取り返しがつかない場所に囚われた絶望感――

一緒くたになって、どれもが真実であり、偽りだった。けれど全てひっくるめても、幸せであることに変わりはない。かけがえのない人に求められ、ブリジットは喜びに打ち震えていた。

「ローレンス様……っ」

名前を呼んだ瞬間、胎内が戦慄いて、彼の形が鮮明になる。腹の奥、臍の下まで到達した楔が、ブリジットの声に応えるように小さく跳ねた。

「あっ」

「君の声を聞いているだけで、簡単に達してしまいそうだ」

熱い吐息に炙られて、全身が燃え上がった。まるで身体の中央に松明を打ちこまれたみたいだ。ジンジンとし、そこから焔が燃え盛ってゆく。いずれ自分が消し炭になるまで、この火は消えてくれないに違いない。

――煉獄《れんごく》の焔《ほのお》みたい……

罪を犯した者を浄化する火を思い浮かべ、ブリジットは苦笑した。どうしてそんな恐ろしいものを思い浮かべたのか、ローレンスが動き出したことで曖昧になる。まだ慣れない内壁を彼の剛直で擦られて、浮かんだ疑問などたちどころに消えてしまった。

「……ぁ、あぁっ、あんっ」

ぐちぐちと太く硬いもので捏ね回され、淫らな襞がローレンスを喰いしめた。経験の乏しいブリジットの身体は、必死で彼についてゆこうとする。そんな健気な動きに、ローレンスが色香を滴らせながらうっとりと呟いた。

「可愛い、ブリジット。もっと感じている顔を見せて」

上気した頬にキスをされ、恥ずかしい。とても可愛いなんて言ってもらえる状態ではないことを、自分が一番熟知していた。

半開きになった口。ひそめられた眉。汗が滲んだ額。茫洋とした瞳。どれを取ってもふしだらでだらしない。淫悦に負けていやらしい声で鳴き、ブリジットはまだ純潔を失って二度目なのに快楽を感じてしまっていた。

「や……見ないで」

「ひどいな。夫が妻を愛でる機会を奪うつもりか？　君も好きなだけ僕を見てくれて構わないよ。だってもうただの幼馴染じゃなく、僕らは結婚したんだ。神の前で誓い合ったじゃないか。死が二人を分かつまで、決して離れないと――」

穏やかに揺さぶられ、淫靡な波に呑みこまれつつあったブリジットは、彼が指輪を撫でたことに気がつかなかった。そこへ注がれる視線にも無自覚のまま、自らの両脚をローレンスの腰に絡める。すると彼は嫣然と微笑んだ。

「……そんなに僕と離れたくない？」

「は、いっ……ぁんっ……ずっと貴方と一緒に……っ」

生きている間だけの誓いなんて寂しい。本当は『死しても尚』と言いたかった。そんなことを口にすれば嫌がられてしまうだろうか。ブリジットの瞳に不安がよぎる。だがそれは杞憂であったらしい。

ローレンスは笑みを深くし、互いの額をコツリとくっつけてきた。

「ああ……ずっと一緒にいよう。共に死ねたら、最高だな……」

不穏な言葉に寒気を覚えた。しかし彼が上半身を倒したため結合が深くなり、最奥を抉られたブリジットは喘ぐことしかできない。

貫かれたまま腰を回され、そのまま高みに押し上げられた。膨れ上がる快楽にローレンスを求めることしか考えられなくなってゆく。

「……アっ、あ、ぁあんっ」

　馬車の中より自由に動けるせいか、彼の動きはしなやかで荒々しかった。ブリジットが甲高く鳴いてしまうところを執拗に攻め立て、強弱を変え、一切休む隙を与えてくれない。穿たれ、引き抜かれる度、愉悦がどんどん大きくなって暴れ出す。

　髪を振り乱し身悶えても、やめてもらえない。むしろ嗜虐心を煽られたのか、ローレンスはブリジットを容赦なく快楽の坩堝《るつぼ》に落とした。

　掻き回され、泡立った蜜がシーツを濡らす。じゅぷっと粘着質な水音が奏でられ、肌を打つ音と相まって鼓膜を犯してくる。卑猥すぎる音色から耳を塞ごうとすると、罰とばかりに鋭く突き上げられていた。

「ひ、ぁああっ……」

　腹の中、一番深い場所に彼がいる。内側から喰らわれる気分に眩暈がした。

　絶大すぎる淫悦から逃げを打つ身体を捕まえられ、引き戻されて腰を叩きつけられる。真上から串刺しにされるような抽挿に、ブリジットは善がり狂うことしかできなかった。

「ん、ぅあっ、あ、あ、ああぁッ……」

　痛みを感じても不思議でない強さで吸いつかれ、胸の頂を捻られても、もう快感しかない。すっかり高められて敏感になり、グズグズに蕩けさせられた肉体は、もはや自分のものとは思えなかった。ブリジット自身よりも余程ローレンスの方が、どこをどうすればいいのか熟知している。

手で、声で、吐息と匂いで、乱される。組み敷かれ内壁を擦られて、支配権は完全に彼へ譲渡されていた。自らを明け渡す感覚が気持ちいい。もっと取り込まれ、いっそ同化してしまいたい。

ブリジットは同じ律動を刻みながら、ローレンスにキスを強請った。

「ああ、ブリジット……」

希望通り唇を重ねられ、共に腰を揺らして喜悦を分かち合う。汗まみれになり、肌が滑る。皺だらけになったシーツの上に、ブリジットの金糸が広がっていた。彼はひと房手に取ると、幾度も指を絡め感慨深げに口づけてくる。髪が温度を感じるわけはないのに、どうしようもなくその場所だけが熱くなった。

上も下も交じわり合い、淫猥な体液でぐちゃぐちゃになる。淫芽を擦られては、もうブリジットは堪えきれなかった。

「あああっ」

「……っ」

視界が白く染まる。激しく痙攣した身体が強張り、ブリジットは眼を見開いて数度全身を震わせた。

音が遠ざかり、何も聞こえない。あるのは圧倒的な快楽だけ。腹の中に熱液が迸り、ローレンスの欲が解放されたことを知る。彼の子種が胎内に残されるのだと思うと、一際喜びが大きく育ち、愛された充足感にブリジットは喉を鳴らした。

我が身を愛おしく感じるのは、大切な人が慈しんでくれたからだ。

好きな人に大事にしてもらえるなんて、これ以上の幸せがあるだろうか。

大きく肩で息をしたローレンスがゆっくり身体を起こす。殊更優しく彼が抜け出て行くのはこちらの身体を気遣ってくれているのだ、と悟れないほど鈍感ではない。愛の言葉より雄弁に、ローレンスは態度でブリジットを宝物の如く扱ってくれた。

「ローレンス様……」

情欲を燃やした瞳が、自分にだけ向けられている。底知れぬ優越感がブリジットを包み、再び身体の芯に火を灯した。

「あ……」

「足りない。もっと君が欲しい」

直接的な要求に、鼓動が大きく跳ねた。求められる喜びが指先や髪の先、ありとあらゆる末端まで浸透してゆく。甘い毒に侵されて、色々なものが麻痺していった。

「貴方の望むように……」

この人が好き。誰にも渡したくない。異常とも思えるほどの執着と恋情がブリジットの身を焦がした。独占して繋ぎ止めておきたい。次から次に湧き上がる激しい思いに、自分自身が焼かれてゆく。

まるで自ら火に飛び込む虫のよう。彼らはその先に死があるとは知らず、ただ光や熱に向かって羽をひらめかせるのかもしれない。けれどブリジットはこの先が絶体絶命の断崖絶壁だと知っていた。それでも尚、立ち止まることができない。

彼とろくに会わずにいた期間、どのように自分を保っていたのか、今はもう分からない。もはやローレンスがいなくては呼吸さえままならないのではないかというほど、溺れている。夢中になるなんて可愛らしい表現では到底追いつかないくらい、彼のことしか考えられなかった。

抱かれて満たされたのは身体だけではない。心ごと包みこまれたような心地に陶然とし、永遠にこの時間が続けばいいと願う。それこそ、『死が二人を分かつとも』――

ぐったりと虚脱していたブリジットは抱き起こされ、うつ伏せに姿勢を変えられる。ローレンスに背中とお尻を向けている体勢になり、慌てて振り返った。

「あのっ……？」

「僕が何年我慢し、耐え忍んできたと思っている？　もっと君を愛させてくれ」

「はぅっ」

背筋を辿られ、ゾクゾクと肌が粟立った。うなじを舐められて掻痒感に戦慄けば、シーツと身体の間に差し込まれた手に乳房を揉まれた。

「あっ……」

鷲掴みにされたのは、右側だけ。残る左側は布に先端が擦れ、別の快感を生み出す。違う刺激に苛まれ、ブリジットは真っ赤に染まった顔をクッションに埋めた。

「ゃ、ぁ……あ」

「君の顔が見えないのは寂しいけれど、また違う痴態が見られるのは堪らないね」

「……アッ」

耳朶を食まれ、吐息と共に囁きを注ぎ込まれる。耳にまで性感帯があるなんて知らなかった。いや、相手が彼だから、どこもかしこも気持ちがいいのかもしれない。ブリジットの身体はローレンスにだけ反応し、勝手に熱を上げてしまうのだ。

新しく溢れた蜜が太腿を伝い、花弁の奥がジンジンと疼く。先ほどまでの余韻を残した蜜壁が、喪失感に涙のような滴を滴らせていた。

「ローレンス様……ぁ、アッ」

首を捩って振り返ったブリジットの瞳には、隠しようもなく媚が滲んでいた。早く虚ろを埋めて、他の誰にも許さない深いところまで来てほしい。彼だけに、喰らわれたい。全てを捧げ、愛されたかった。

激しい恋着に支配され、無意識のうちにいやらしく腰を揺らす。ローレンスがごくりと喉を鳴らしたのは、きっと聞き間違いではなかった。

「はぅっ……ああっ」

　隘路を押し広げられ、背後から長大なものに貫かれた。向き合って受け入れる時とは違う場所を擦られ、慣れない体勢に声が抑えられない。汗を飛び散らせながら、ブリジットは首を振った。

「やぁっ……大きいっ……」

　ひょっとしたら先ほどより硬く質量が増しているのかもしれない。内壁全体をこそぐように圧迫され、シーツを握り締めて身悶えた。

「これ以上、煽るようなことはやめてくれ。——理性が完全に吹き飛びそうになる」

「く、はぁ……ああっ」

　腰を掴まれ、最後は一息に穿たれた。ブリジットの柔らかく丸い尻と、ローレンスの硬いしなやかな腰がぶつかり、乾いた音が立つ。ピッタリと密着する距離が、全て呑みこんだことを教えてくれた。

「ぁ……、ぁ、あ……」

「ブリジット、君の中がうねって歓迎してくれているみたいだ」

「あ……ぁ、いやらしいことを言わないで……っ」

　恥ずかしくて、腹の奥がきゅうっと収縮した。揶揄される言葉さえ甘い睦言に聞こえ、ブリジットの官能を高めてゆく。堪らず這って逃げようとすれば、上からのしかかられて、退路を塞がれた。

「駄目だ。これだけは覚えていて、ブリジット。冗談でも何でも、僕から逃げようとしないでくれ。でないと……優しくしてあげられなくなってしまうかもしれない」

続いて聞こえた『父と同じように』という言葉は、聞き間違いだったかもしれない。再開された律動に翻弄されたブリジットには判然とせず、愉悦の波に呑まれ、細かいことを気にする余裕は砕かれてしまった。

ただ鳴き喘ぎ、速くなる動きについてゆくことで精一杯になる。

「……ぁあああっ、ローレンス様……ローレンス様……！　愛しています」

律義に名を呼び、背をしならせた。降り注ぐ滴は、おそらく彼の汗。首に張りついたブリジットの髪を払ってくれる優しさに、余計想いは募った。

好意を言葉にすれば快楽が高まることは学習済み。ブリジットは頼まれるまでもなく、何度もローレンスに想いのたけをぶつけた。

背後から腰を叩きつけられ、視界が前後に揺れる。シーツの白が鮮やかに眼を射《う》ち、ブリジットの思考は悦楽で塗り潰された。

「あああっ……」

全身が痙攣し、悲鳴に似た嬌声と共に高みへ飛んだ。ローレンスの屹立をぎゅうぎゅうに締めつけて、これまでで一番激しい絶頂を味わった。それは長く尾を引き、なかなか

戻ってこられない。

蠕動する自分の内側に彼の欲が注がれる快感を拾ってしまえば、意識を保つのは、もう限界だった。

「……ぁ、あ……」

何も考えられない。疲れ切り、瞼がゆっくり落ちてくる。

「……お休み、ブリジット。いい夢を」

首の後ろにキスをされ、左手を重ねられたのを感じる。それが認識できた最後の記憶。

くたりとベッドにうつ伏せになったブリジットは、そのまま深い眠りの中に引き摺りこまれ、夢の中に転がり堕ちていった。

5　屋根裏部屋

『長く嵌めていれば精神が縛られて、いずれは支障をきたすのかもしれない』

ローレンスの父は、妻のエレインを喪って以来、すっかり老け込んでしまった。もともと年齢差のある夫婦ではあったが、もしも彼女が存命であったなら、今は並び立っても親子にしか見えないのではないか。

人生に疲れ切ったような父を前にして、息子であるローレンスはごく小さな溜め息を吐いた。

『――そんな迷信を信じていらっしゃるのですか？　指輪が人の感情を支配するなんて、この時代にあまりにも非現実的だ』

父が握り締める指輪に視線を走らせ、うんざりとして肩を竦めた。

この会話はもう既に数えきれないほど何度も交わされている。そして辿り着く結論は一つだけだ。

『お前にも、いつか分かる。アンカーソンの男は皆、業を背負っている。呪われた家系だ』

『それも何度も聞きましたよ。確か、何代も前の当主が嫌がる娘を手籠めにし、恋人と引き離して無理やり妻に迎えた報いを受けている……でしたっけ？　ならば何故、相手の心を指輪を嵌めた相手に向かわせることができるのですか。普通に考えれば逆でしょう。愛する者と結ばれないようにすることこそ、呪いになるのではありませんか』

父が言うには、金の台座に紫の石が埋め込まれたその指輪は、他者の心を操る呪具であるらしい。荒唐無稽すぎて、ローレンスは全く信じていなかった。また、妻に先立たれた哀れな父の妄言に何年も付き合ってやるつもりもない。家は長兄が継ぐので心配はないが、そろそろ立ち直ってほしいと願い、今日こそ厳しいことを言ってでも件の指輪を取り上げてしまうつもりだったのだ。

母が肌身離さず身に着けていた大ぶりの指輪。父から婚約指輪として贈られたのだと、彼女はいつも嬉しそうにし、特別大事にしていた。

そんな思い出深いものに執着してしまう気持ちは理解できる。両親は子供の眼から見ても仲睦まじく、互いがいなければ生きていけないのではないかと思うほど、結びつきが強かったから。

だが、母の死からもう十五年近く経っている。いい加減、父には前を向いてほしい。今日は、多忙な長兄や次兄に代わり、末っ子で最も可愛がられていたローレンスが説得に駆り出されたというわけだ。

『父上、そのお話には矛盾がありますよ。最近外の空気を吸っていらっしゃいますか？　よろしければ久しぶりに旅行でもしてみませんか。気分が変わるかもしれない』

愛しい者と引き裂かれたことに対する呪いなのに、指輪を嵌めただけで誰でも振り向かせることができるようになるなんて、奇妙でしかない。随分都合が良く、アンカーソン家にとって何もマイナスにならないではないか。むしろ応援されているのも同然だ。

馬鹿馬鹿しいと吐き捨てたいのを我慢して、ローレンスは優しく説得を続ける。息子として、以前の威厳溢れる尊敬できる父に戻ってほしいのが本音だからだ。

『ね？　そう思いませんか、父上。全ては思いこみなのですよ』

おそらく彼は、早くに妻を亡くした理由を、何かに求めたいのだ。愛する者を救えなかった責任を、別の何かにすり替えようとしているのかもしれない。

そう推察できるからこそ、これまでずっと無理強いをするのは憚られてきた。だが兄二人が妻を娶り、もうそろそろ父には元気を取り戻して第二の人生を送ってもらいたいと言い出したため、ローレンスが交渉役としてアンカーソン伯爵邸に呼び出されたのだ。

――まったく、兄さんたちも面倒事だけは僕に押しつけて……まぁでも仕方ない。二人とも家庭を持って間もなく子供も生まれる身。身重の義姉さんたちに余計な心配をかけたくはないし、まだ独身で身軽な僕が適任だろうな……

長引きそうな案件に嘆息したくなるが、それをぐっと堪え、強引に笑みを作った。

『たぶん、その指輪を手元に置いておくから、余計に父上の気分が沈むのですよ。手放せとは言いませんが、僕が預かるというのは如何ですか？』

眼に入らなければ、次第に強固な思いこみも薄れると思う。最近では、毎日何時間も指輪を見つめているようだと長兄から聞いていたローレンスは、どうにかしてそれを取り上げてしまいたかった。

『……お前は何も分かっていない。本当に心から愛する者が傍にいてくれるのに、相手の気持ちが偽りでしかないことを知っているのがどれほど残酷かを。想いを拒まれることよりも、より絶望は深くなるのだ』

絞り出された父の言葉に思わず凍りついた。それほど重く、陰鬱な声で吐き出されたからだ。半ば茫然と父親を見返せば、彼は笑顔にも泣き顔にも見える不思議な表情を浮かべていた。

『……父上？』

『上の二人は、人として、アンカーソン家の息子として正しい道を選んだ。家のため理想的な相手を見つけ、互いを尊重し合う満たされた家庭を築くだろう。……あの二人は私に似なかったことが幸いした』

　ぼそぼそと語られる内容は、聞き取りにくい。聞き直そうと思ったが、どこか尋常ではない父の雰囲気に口を噤んだ。彼は今、ローレンスを見ていない。

　茫洋とした視線をさまよわせ、喋り続けている。その様子はまさに、教会で告解をしているかのようだった。

『アンカーソン家の呪いを受けずに生まれてきてくれた……私は嬉しかったよ。これでもう二度と自分と同じ過ちを犯す男は現れない。呪いは断ち切られたのだと思った……』

『……過ち？』

　聞き捨てならない単語に、ローレンスは眉をひそめた。父は何か罪を犯したのだろうか。清廉な父には似合わない言葉に、首を傾げざるを得ない。妻を喪い憔悴しきって精神的に病んでしまったこと以外は、本当に尊敬できる人物なのだ。

　しかしローレンスの言葉などまるで聞こえていないのか、父は尚も指輪を握り締め、遠くを見つめている。

『エレインが三人目の子を身籠もった時も、これでアンカーソン家はますます安泰だと思った。――――それが全ての間違いだったんだ……』

　三人目の子というのは、紛れもなくローレンス自身のことだ。自分の誕生を不幸の始まりのように語られ、少なからず動揺する。父にも母にも可愛がられ愛されてきた自覚があるだけに、傷ついてもいた。

『赤子と対面した瞬間に、私には分かった。この子は自分と同じだと。呪いを引き継ぐために生まれた哀れな息子なのだと――』

『父上、いったい何をおっしゃっているのですか！』

黙っているべきかとも思ったが、ローレンスはそれ以上耐えられず、大きな声を出していた。流石に意識を呼び戻されたらしく、父の瞳に生気が宿る。数度瞬いて、こちらに眼を向けた。

『ローレンス……』

『はい。ご気分が優れませんか？　やはりその指輪が傍にあることが良くないのだと思います。私に預からせてください』

根拠はないけれど、今すぐにでも父と指輪を引き離さねばならないと強く思った。そうしなければ、いつまで経っても彼は囚われたままだ。それこそ、本当に呪いを受けているようではないか。

急速に膨れ上がった嫌な予感に、語調が少し荒くなる。

ローレンスが手を差し出すと、父は自らが持つ指輪と息子の手との間で視線を往復させた。緩慢な動作に焦れ、いっそ奪い取ってしまおうかとも考えた瞬間、彼はゆっくり指輪をこちらに渡してきた。

『……そうだな。もはや私が持っていても何の意味もない。断ち切ろうとしてもどうにもならないのが運命というものだ』

　思いがけずあっさり指輪を手放した父が、歪な笑みを浮かべていた。

　掌の上に転がる指輪が急に禍々しく感じられ、ローレンスは危うく取り落としそうになる。けれど、どうにか耐えられたのは、直感的に『これは自分が継承するものだ』と確信したからだ。

　アンカーソン家に代々受け継がれてきた『花嫁の指輪』。この家の男たちに高頻度で現れる特徴は『紫色の瞳』。割と珍しい色彩だが、父もローレンスも指輪に飾られた石と同じ色の瞳を持っていた。

　上の兄二人は、母に似て柔らかな茶色。ただの確率によるものだと自分は思っていたが、代々の当主の肖像画を見ると圧倒的に紫色の双眸を持つ者が多い。そして彼らの配偶者は、例外なく早逝していた。これは偶然のことなのか。ローレンスの背筋がヒヤリと冷えた。

『お前がこの指輪を引き継ぎ外に持ち出すのなら、ある意味、アンカーソン家は呪いから解放されたということなのかもしれないな……』

『呪いだなんて、大げさな』

　自分は今、上手く笑えているだろうか。自信はない。引き攣る頬を綻ばせ、手の中の指輪を持て余す。計画通り父から引き離すことはできたけれど、この先自らが所有しなければばならないのは気が重かった。

しかしこれは、母の形見でもある。軽々しく処分などできるはずもない。それに頭の片隅で、絶対に自分はこの指輪を手放さないだろうとも思っていた。

『……お前にも、いつか必ず分かる。己の闇に直面する時が来るだろう。――私のように』

暗い眼差しで吐き出した父は、深い溜め息を漏らした。右手で顔を覆い天井を仰いだ姿は、大罪を告白し裁きの時を待つ罪人のようだ。どこか長年の重荷を降ろしたようにも見える姿に、ローレンスは困惑していた。

『父上、何が言いたいのですか』

この先を聞いてはいけない。聞けば絶対に後悔する。知らなければ『それ』はないのと同じ。これまで通り、伯爵家の三男としてローレンスは気楽に生きてゆける。家のことは優秀な兄に任せ、好きなことをして本当に愛する人と結ばれる未来を夢見ていられるのだ。

手の中の金属がジワリと熱を孕んだ心地がした。重くなったと感じるのも気のせいでしかないはずなのに、握った右手を持ち上げられない。拳を開いて見る勇気もないまま、ローレンスはじっと父の返答を待っていた。

『無理やり心を支配して、弊害が生まれないはずはない。長年本心を捻じ曲げさせて、意に沿わない男に愛を囁かせ続ければ、精神が摩耗していっても不思議はないだろう？　むしろおかしくならない方が歪だ。――エレインも、さぞ苦しかったに違いない……』

『……まさか』

たかが金属の環にそんな力が宿っているわけがない。他者の感情に干渉し支配するなど、悪魔の力だ。

馬鹿げていると思うのに、年齢が離れていた両親の姿がローレンスの頭にちらついた。貴族社会では珍しい年の差でもないが、一度抱いた違和感は瞬く間に膨らんでゆく。

ローレンスが覚えている限り、どこに行くのも、何をするのも一緒だった二人。本当に仲睦まじく、母は心から父を愛しているのだと信じていた。もしもあれが、呪いによって強制された姿だったとしたら。

天使のように愛らしかったエレインを手に入れるため、父が禁断の方法に手を出したのだとしたら――

微笑ましかった両親の姿が一変する。

何もかもが全部、罪深い執着の果てに築き上げられた偽りの形だ。仮に父の語る内容が真実であれば、彼は恋しい人を呪いで縛り、無理やり自分を愛させたことになる。幻の愛情を礎にして、虚構の中で幸せな家族を演じていたのか。

妻から向けられる思慕も慈しみも何もかも、嘘で塗り固めたものだと知りながら。

『……っ』

それは何とおぞましい楽園だろう。幸福であればあるほど虚しくなって、本当は手に入らないものに余計に恋焦がれ渇望することになる。しかも最終的には相手を苦しめ憔悴させ、命を奪う結果になるとしたなら——

『……地獄だ』

冬でもないのに、全身に寒気が走った。

ローレンスは基本的に現実主義者で、不可思議な力など信じていない。ここに至ってもまだ、指輪の呪いなど父の思いこみの産物だと考えていた。

だが気味が悪いと感じる程度には引き摺られているのかもしれない。得体の知れない引力を指輪から感じ、振り払って捨てたい衝動に駆られる。けれど身体は相反して、大切なものを扱うようにハンカチに包んでいた。

『そう、地獄だ。甘い夢を見ながら、常に罪悪感と虚しさを抱え続けなくてはならない。愛しい人のくれる愛の言葉は、全て紛い物だ。いずれお前も直面する』

『……父上、ご心配には及びません。仮に貴方の話が真実だとして、この指輪が呪われたものだとしても……使わなければいいだけです。僕はこんな怪しいものに頼りませんよ』

妻となった女性に指輪を嵌めなければいいだけのこと。いくら母の形見であっても、見るだけに留めておけば何も問題はあるまい。

『それに、妻となった女性が万が一間違って身に着けてしまったとしても、外してしまえばいいのではありませんか？』

『私も若い頃は、お前と同じように考えていた。ただの物に振り回されるはずはない、と。だが現実はそんなに甘いものではない。言っただろう？　これはアンカーソン家の男にだけかけられた呪いだ。我が家の男たちのほとんどが、異様に執着心が強く、一人の女性に愛情を傾けすぎる』

それ故に道を誤るのだとこぼし、自嘲を滲ませた父は眼を閉じた。

『時に妄執は理性を凌駕する。愛しい人を別の男に奪われるかもしれない恐怖に怯え、身動きが取れなくなる哀れな生き物が私たちだ』

『ですが……本人が指輪を外せばいいだけではありませんか？』

女性が服装や場面によって装飾品を替えるのは当たり前のことだ。同じものだけを使い続ける方が珍しい。ましてこのような厳めしい金の台座に大ぶりな紫色の石というデザインでは、ドレスに合わないこともあるだろう。

日常生活の中、入浴の際などは邪魔にだってなるはず。つけっぱなしでいることの方が、考えにくかった。

『……この指輪は、嵌めた者にしか外せない。そして、嵌められた者は嵌めた相手を無条件で愛するようになる。共にいる時間が長くなるほど呪いの力は増し、全身を蝕む毒に変わるだろう』

やがて本心を忘れ去り、指輪の呪力に操られる人形と成り果てる。いくら姿形が同じで性格が変わらず、記憶を保っていたとしても、それは以前と同じ人間と呼べるのか。

愛する気持ちに干渉され、歪まない人間などいるわけがない。

長い時間をかけゆっくり死んでゆくのと似ている。少しずつ、けれど確実に削られてゆく『自我』。もしも自分だったらと考えると、ゾッとするほど恐ろしい。愛していない相手に囚われ、自らの心を改変されてしまうのだから。万が一その自覚がどこかに残っていたなら、神経を病んでも不思議はないのではないか。

けれど何よりもおぞましいのは、それらの弊害を理解していて尚、踏み出してしまった父の心だった。

一人の少女を愛するあまり、狂った男。身勝手な愛情を制御できず、妻を殺したに等しい夫。

激しすぎる恋着により、相手も我が身も滅ぼしたのだ。

――馬鹿馬鹿しい。全て父の妄想だ……！

ローレンスは場の雰囲気に呑まれ、信じかけていた自分を恥じた。頭を左右に振り、嫌な空気を振り払う。数度深呼吸をすれば、重苦しい心地が多少和らいでいた。

『……父上、やはり長年の心労でお疲れのご様子ですね。母上が亡くなってから、貴方はお一人で立派に私たち兄弟を育ててくれました。そろそろお休みになってもいい頃です。

気候が穏やかな南の地で、療養なさっては如何でしょうか？』

　そこは食べ物が美味く、身体にいい温かな湯が湧くことでも有名な場所だった。ローレンスはあれこれお勧めの点を述べたが、父は聞いているのかいないのか、黙ったまま俯いている。

　妻を亡くしたことが原因でここまで傷つき憔悴している彼が、妻が不幸な最期を遂げると理解していて自分のもとに縛りつけていたなんて考えたくもない。両親は真実愛し合っていたのだと、息子としては信じていたかった。

　ローレンスが必至に語りかけていると、父も少しだけ反応を示し顔を上げる。この機を逃すまいとして、滞在先や道中の手配など全て請け負うと約束すると、彼は微かに頷いた。

『……そうだな。しばらく屋敷を離れてみるのもいいかもしれない』

『……！　ええ、是非！　きっと元気を取り戻せます。では早速兄たちにも話して参ります。二人とも父上のことをとても心配していますから』

　善は急げとローレンスが立ち上がると、それまで動くのが億劫だと言わんばかりに虚脱していた父が、素早くこちらの腕を摑んできた。

『父上？』

『……許してくれ、ローレンス。私はお前に全てを押しつけようとしているのかもしれない』

指輪の件をまだ引き摺っているのだと察し、ローレンスは父を安心させるべく微笑んだ。

『大丈夫ですよ、父上。僕はこんなものは使いません。今後、アンカーソン家の男が惑わされることは二度とありませんよ』

愛しい人を得るために、卑怯な真似をするつもりはなかった。誠意を持って接すれば、必ず振り向いてもらえると信じている。彼女も、自分を憎からず想ってくれているはずだ。

大切な人の顔を思い浮かべ、ローレンスは今度こそ本当に満面に笑みを浮かべていた。

『さ、では本日分の薬を忘れずに飲んでくださいね』

使用人に後を頼み、ローレンスは長兄に相談すべく部屋を出た。だから、その後父が呟いた言葉を知らない。

『……私も昔は疑うことなくそう思っていた……だが人は変わる。アンカーソンの男を狂わせるのは、恋という劇薬なのだよ……』

呪いは未だ解けていない。

深い絶望と怒りを伴う憎悪の塊は、アンカーソン家の血筋を断つのではなく連綿と繋いでゆくことで次代へ繰り越される。残忍で無慈悲なものを継承させることこそ、かつて愛しい人と引き裂かれた恋人同士の復讐なのかもしれない。

この時ローレンスは、自分が暗がりに向け歩んでいることに、少しも気がつくことができなかった。

◇◇◇◇◇

ブリジットは子供の頃、両親に連れられてレミントンの別邸によく遊びに来ていた。本宅より緑に囲まれたこの場所で、姉とかくれんぼしたことを思い出す。

二人きりではお互いすぐに見つかってしまい盛り上がらなかったが、そこにローレンスが加わると一気に難易度が高くなった。

探す側も、隠れる側も知恵を絞らねばならないのでとても楽しく、相手の意表をつきたくて木に登ったり、使っていない部屋に忍びこんだりして、危険な真似をするんじゃないと怒られたのは今ではいい思い出だ。

――見つからないまま夜になり、そのまま眠ってしまったこともあったっけ……。

ブリジットは当時を反芻し、小さく笑った。

「ふふ……」

自らの声に意識が浮上する。重い瞼を押し上げると、ここが見慣れた本邸の自室ではなく、昔幼い頃によく訪れていた別邸であることを思い出した。

「ああ……」

そう言えば、自分は昨日結婚し、新しい生活をここで始めたのだ。

ブリジットは怠い身体をベッドから引き剝がし、上体を起こして周囲を見回した。

寝起きの頭では、ここが自分の居場所で、これから暮らしてゆく家なのだといまいち認識できないでいる。まるで他人の家に泊まりに来たかのような落ち着かなさを感じていた。

あちこち痛む身体を見下ろすと、きちんと夜着を身に着けていること、身体がさっぱりしていることに気がつく。整えてくれたのはおそらくローレンスだろう。

「……そう言えば、あの人は……？」

今、寝室にいるのは自分だけだ。夫となった彼の姿は見当たらない。温もりも残されてはおらず、ベッドを抜け出してから時間が経っているのかもしれない。それとも、共に眠りさえしなかったのか。

寂しさを感じ、ブリジットは立ち上がった。

「奥様、お目覚めになりましたか？」

扉の向こうで待機していたのか、控えめなノックの後でドアが開かれる。入ってきたのはレディーズメイドのニコルだった。

「お茶をお持ちいたしましょうか？」

彼女はレミントンの屋敷からついて来てくれた気心の知れた使用人だ。目覚めた瞬間の心許なさが癒やされるようで、ブリジットはそっと息を吐いた。

「いえ……身支度を整えるわ。――あの、ローレンス様は？」

「お仕事に行かれましたよ。奥様、今日のドレスは何色にしましょうか？」

「……あの、奥様って呼ばれるのはまだ慣れないわ。前と同じにお嬢様と呼んでくれない？」

呼称が変わっただけなのに、ひどく落ち着かない心地にさせられる。まだ心が追いついていないのかもしれない。

「それはできませんよ。奥様が慣れてくださらないと！　私が叱られてしまいます」

少しずつ、自分も周囲も変化してゆく。もうブリジットはレミントン子爵令嬢ではないのだ。婿入りしたローレンスの妻であり、レミントン夫人なのだと強く意識させられる。

まるで似合わない服を無理やり着せられた窮屈さと、奇妙な高揚感を覚えていた。

――何だろう……この思いは。

もやもやとする澱みが胸中に沈んでゆく。何か大事なことを忘れている気がするけれど、無理に思い出したいとも思えない。

握り締めた左手に金の指輪を認め、ざわめきは更に遠のいた。

分からない。だが、ずっと好きだった人の妻になれて、不幸なはずがなかった。

「――奥様、お着替えはこちらでよろしいでしょうか？」

ニコルの声に、ハッと我に返る。彼女が選んでくれたドレスを確認し、慌てて首肯した。

「ありがとう、大丈夫よ」

「では洗面の準備をして参りますね」

続き部屋に向かうニコルの背中を見送り、ブリジットは深呼吸した。

しっかりしなくては。もう姉の後ろに隠れた気楽な次女ではないのだ。これからは自分が家を背負ってゆかねばならない。愛しい人と共に。

昨晩、ローレンスに触れられ、愛を囁かれ、幸福感に満たされたことを思い出す。あの魂が震えるほどの充足感を、心と身体が覚えていた。幼い頃に諦めた、夢のような生活がこれから始まるのだ。

——でも、どうして私が跡を継ぐことになったのだっけ……？　お姉様は何故……？

「奥様、準備できましたよ」

「あっ……、今行くわ」

ニコルに応え、ブリジットは朝の身支度を整えた。

顔を洗い、もう独身の娘らしいドレスではなく、やや落ち着いた装いに着替える。鏡に映る自分はまるで別人のようだった。こうして見ると、ブリジットはブレンダによく似ていた。もともと髪や瞳の色、作りは似ているので当然かもしれないが、身に着ける服一つでこうも変わるとは。

好きな人に同じ想いを返されているという自信が、内面から輝かせているのかもしれない。これまでずっと人とは違う自分を恥じていたブリジットにとって、全てを受け入れてくれるローレンスが傍にいることは、何よりの喜びだった。

彼は、ブリジットを否定したりしない。豊かな感性だと言って認めてくれる。姉でさえくれなかった嬉しい言葉を沢山与えてくれた。

「本日ローレンス様より、奥様には一日ごゆっくり過ごしていただくようにと仰せつかっておりますけれど、如何なさいますか？」

ブリジットが、体調不良でもないのにベッドでゴロゴロしている性分ではないことを熟知しているニコルは、今日の予定を確認してくる。しかし正直なところ、これと言ってやらねばならないことはまだない。

「……久しぶりに、この別邸の中を見て回ろうかしら」

昔とは家具や絨毯、壁紙が替えられているが、間取りは同じだ。幼い頃の思い出を辿るのも悪くない気がした。

「分かりました。私は付き添った方がよろしいでしょうか？」

「いいえ。自分の家だもの。大丈夫よ」

居を移したばかりで、ニコルも忙しいに違いない。若夫婦の住居は、レミントンの屋敷より使用人の数が少ないので、時間はいくらあっても足りないだろう。

ブリジットが一人で行動する旨を告げると、彼女は頷いた。

「かしこまりました。何か御用があればお呼びくださいませ」

「ええ。昼はいらないわ。この時間に朝食を食べれば、お腹が空かないだろうし……」

いつもよりかなり遅い時間に起床したので、昼食は抜くことにした。午後のお茶の準備だけお願いし、ブリジットは朝の食事を終え、早速邸内の探索に出かける。

子供の頃はもっと広いと思っていた屋敷だが、大人になった今見直してみると、随分こぢんまりとして見えるし、庭はかなり拡張したらしく当時の様相とは違っていた。それでも大きく成長した木には、見覚えがある。よくこの下で虫の観察をした。

階段の傷は、かつてブリジットが燭台を落としてつけてしまったものだ。修繕は施されていたが、少しだけ痕が残っていた。

母親の自慢だったシャンデリア。こだわって作らせたという窓枠。そこかしこに残る思い出に、ブリジットは眼を細めた。

「……変わらないところも、沢山あるのね」

記憶の全てに、ブレンダが傍にいる。

彼女の幻影に導かれ、ブリジットは二階から更に上へ上がる階段を見上げた。屋根裏に続く階段はもう何年も使われていないのか、埃が積もっていて薄暗い。ここまでは掃除の手が回らなかったのかもしれない。

人の出入りがないためか空気が淀んでいるけれど、その分、昔のまま残されているのだとも感じられた。

何気なく手摺りに手をのせれば、掌が真っ黒に汚れてしまい、ドレスの裾にも埃が纏いつく。だが逆にそれで、ブリジットは上がってみる決心がついた。

汚してしまったのなら、ここで引き返しても最後まで行ってみても同じだと思ったのだ。軋む階段は少し怖かったけれど、踏み抜いてしまうほど木は腐っていないと判断し、慎重に一段ずつ上がってゆく。

ブリジットの記憶に間違いがなければ、屋根裏部屋には小さな窓があり、ガラクタばかりが収められた物置になっていたはずだ。使用人でさえろくに立ち入らなかったが、子供の眼には宝の山に映り、心が惹きつけられた。

当時、姉のブレンダは、母に叱られるし汚れてしまうから駄目、と乗り気ではなかったけれど、ブリジットはこの別邸に来る度に足を踏み入れることを楽しみにしていた。

小さな冒険をしている気分だったのだ。

読めもしない破れた本や、用途の知れない道具たち。壊れた人形に、開かない容器。幼子には、所有者さえ存在を忘れ、朽ちてゆく運命のそれらが、煌めく宝物に思えた。

ブリジットの中で、ワクワクと胸を躍らせた記憶と、姉に止められた記憶が交互に思い出される。

ようやく上まで到達し、まず驚いたのは天井の低さだった。あの頃は立っていても余裕で移動できたのに、身長が伸びた今では場所により頭をぶつけそうになる。

くすんだ窓からはほとんど光が入って来ず、まだ午前中なのにひどく暗い。床は所々めくれ上がり、ぼうっとしていると足を引っかけて転んでしまいそうだ。

眼が慣れてよく見えるようになってくると、部屋の片隅に何やら堆《うずたか》く積まれたものがあるのに気づく。ブリジットは昔と変わらぬ光景に胸を躍らせ、ゆっくりと奥へ歩を進めた。

黴臭く、床が沈む。

ぞんざいに被せられた布を脇にやり、下から現れたのは記憶と寸分違わぬ思い出の品々だった。

「わぁ……」

舞い上がった埃を払いつつ、ブリジットはその場に座りこんで眼を輝かせた。

今見ると笑ってしまうほど安っぽいガラクタなのに、それでも妙に魅力的に見える。両親にも姉にも内緒で、ここへ忍びこんだ最後の日はいつだったか。確かあの時、庭で拾った綺麗なガラス瓶《びん》を隠したのだ。

「……あった！」

ガラスはすっかり曇ってしまっていた。それでも微かに入り込む日の光に透かせば、手に入れた当時の感動や楽しさがよみがえってくる気がする。あの頃、世界はもっと美しく見えていたと思う。何もかも新鮮で、日々は刺激に満ち溢れていた。

夜眠るのが惜しいくらい、明日への期待で充実していたのに、今は――

そんな毎日は二度と戻ってこない。寂しいけれど、子供のまま生きてゆくのは難しい。大人になり、良くも悪くも鈍感になることで心を麻痺させなければ、世の中には辛いことが多すぎる。

「……そう言えば……」

この瓶は、最初に見つけた時は土に埋まっていた。興味を引かれたブリジットにブレンダは、手が汚れるし怪我をするかもしれないから触っては駄目と注意してくれたのだ。幼い手ではなかなか掘り返せず、かと言って諦めることもできずに未練がましく見つめていた時――

「ローレンス様が掘り出してくださったのだわ……」

しかも、綺麗に洗って磨《みが》いてくれた。手や服が汚れてしまうのも厭わず。

ブリジットより年上で、同年代の友人たちと比べても大人びていた彼が、そういう遊びを好んでいたとは到底思えない。おそらくブリジットのために仕方なくしてくれたのだ。

いつも隙のない身なりの上品な幼馴染を土塗れにしてしまい、さしものブリジットも大いに恐縮した。ごめんなさいと素直に謝る自分に、彼がかけてくれた言葉は何だっただろう。

すっかり忘れてしまっていた笑顔が脳裏によみがえる。

『構わない。君はこれが美しいと感じたんだろう？　そういう感性は大事にした方がいい。

恥じることは何もないよ。ほら、綺麗になった。次は何を掘り起こしましょうか？　お嬢様』

姉も共感してくれなかった気持ちに、彼が寄り添ってくれたことが嬉しかった。

ブリジットは清潔で安全な部屋の中にいるより、危険な森の中を飛び回っている方が好きだったし、最初から綺麗な宝飾品より、割れて波に洗われ丸くなったガラスの欠片に興奮した。貴族令嬢に相応しくない趣味の数々は、年を経るにつれ減ってきたけれど、今でも完全に消え去ったわけではない。

しかし、『恥ずかしいから人に言っては駄目よ』というブレンダの言葉を受けて、いつしか自分でもなかったことにしようとしていた気がする。『私は恥ずかしい子』なのだと思ったからだ。

『ああ……模様が面白いな。ありがとう、ブリジット。君のおかげで僕もこの瓶の魅力に気がつくことができた』

けれど満面の笑みでローレンスが認めてくれたおかげで、とても誇らしい気持ちになれた。申し訳なさは霧散して、ごみでしかなかったガラス瓶は宝物に変わった。

そんな大切なものをここへ隠し、置き去りにしようと決めたのは、何故だったのだろう。一つ過去を思い出すと、芋づる式に記憶が掘り起こされてゆく。

ブリジットは瓶を握り締めたまま、視線をさまよわせた。

『もう、ブリジットったら……そんなごみにしかならないものを持ち帰ったら、お母様に叱られてしまうわ。普通の子は、捨てられていたものなんて欲しがらないのよ？　おかしな子だと思われちゃうから、お屋敷に持っていくのは諦めなさい。代わりに貴女が気に入っていた私の花瓶をあげる。ね？　それでいいでしょう？』

だから捨てなさいとブレンダに言われても、どうしても手放せなかった。悩んだ末、屋根裏に忍びこんで隠したのだ。

「そんな大事なことを、どうして忘れていたのかしら……」

思っている以上に、自分は頭が悪いのかもしれない。何だかやるせなくなって、瓶を床に置いた。すっかり大人になった今は、姉が言ったことの正しさがよく分かる。しかし、しばらくするとやっぱり惜しくなり、もう一度手に取った。

濁《にご》ったガラスの表面を見ていると、かつての純粋な自分に戻れる気がしたのだ。

子爵令嬢として相応しくなるべく矯正してきたブリジット・レミントン。それが悪いことだとは思わない。大人になるとは、そういうことだ。

努力し人並みになれた今の自分を誇ってもいる。だからこそ父も、ブリジットに婿を取らせ家を継がせる気になったのだろう。そうでなければ、もっとしっかりした親類の子を養子に迎えようとしたかもしれない。娘がかつてのやんちゃで変わり者のままでは、頼りなかったに違いない。

成長する過程で、切り捨てざるを得なかった自分の一部。いつしか存在さえ忘れ去られた屋根裏のガラクタと同じように、誰にも顧みられることなく、本当は眠り続けるはずだった。

これはただの郷愁《きょうしゅう》だ。たまたま懐かしいものを発見し、感傷的になっているだけ。ガラス瓶は結局のところ、ごみにしかなり得ない。

それなのに――

「綺麗……」

曇っていても、幼いブリジットの心を捕らえた造形は変わらなかった。細身でありながら途中にくびれがあり、葡萄らしき模様が施されている。ワインを入れていたのか、それとも香水か。高価なものではないだろうが、何故か心を摑まれた。

あの時と変わらず美しいと思う。捨てたくないと自然に感じていた。

もうこの世に姉はいない。たぶんローレンスは覚えてもいないだろう。ならばもう一度磨き上げ、ブリジットの手元に置いても問題はないのではないか。

悩む時点で、答えは出ている。しっかり瓶を手に持ったブリジットは、おもむろに立ち上がった。ひとまず水洗いしてみようと考え、階段に向かう。その時。

「きゃっ……」

体重をかけた床板が大きく撓《たわ》んだ。危ないと思った時にはもう、鈍い音を立て割れた床に、片足が落ちていた。

「痛っ……」

　そこだけネズミにでも齧られていたのか、一際劣化していたらしい。半分腐ったところにまんまと体重をのせてしまい、ブリジットの右のふくらはぎから下が床にめり込む状態になっていた。

「びっくりした……」

　幸い、完全に落下したわけではない。しかしゆっくり足を引き抜こうとした時、ブリジットは激痛に凍りついた。

　どうやら割れた床板が鋭い刃となり、自分の足に突き刺さっているようだ。穴の中は見えないけれど、引っかかっているのか強引に動かそうとすると余計に痛みがひどくなる。

「え……」

　どうすればいいのか分からず、ブリジットは愕然とした。こんな事態は全く予想していなかったし、大声で叫んでも階下に声は届かないかもしれない。ニコルに『屋根裏へ行く』とも告げていないのだ。

　それ以前に、全く手入れがされていない階段やここの状態から考えると、彼女を含めた今いる使用人たちが『屋根裏部屋』の存在を認識しているかどうかも怪しかった。

　屋根裏へ至るための階段は、とても分かりにくい死角になる場所に設けられているのだ。

昔ここに来たことでもなければ、思いもよらない場所に違いない。

「……どうしよう」

とりあえず床を叩き大声を出してみるべきだろうか。しかし下手に刺激を加え、これ以上床板が割れてしまったらと思うと怖い。その上、出血がひどくなったのか痛みがどんどん増してきた。

「……落ち着かなくては……」

ひとまず床に腰を下ろし、大きく深呼吸する。こうなると、傷口が見えないことはむしろ幸いだと思えた。生々しい怪我や血を直視して、冷静でいられる自信はない。きっと今以上に慌てふためいて大騒ぎするだけになる気がした。

傍らにガラス瓶を置き、ブリジットは届く範囲内に何かないかを探る。窓は遠く、あそこから助けを求めるのはとても無理だ。ガラクタの中にも、かけられていた布にも、役に立ちそうなものは何もない。

昼食はいらないと言ってしまったから、ニコルがブリジットの不在に気がつくのは早くてもお茶の時間だろう。それまで、ずっとこのまま。

「……！」

不安に襲われ背筋が凍る。痛みは耐え難いものになり、嫌な汗まで浮き出てきた。少しでも足首を動かすと余計に破片が食い込むのか、身じろぎもできない。次第に寒気を感じ始め、刻一刻と状況が悪化しているのを実感した。

人は、血液を大量に失うと死に至る。その程度の知識なら、ブリジットにもあった。

「確か止血は、傷口を圧迫して心臓より上に――」

しかし問題の箇所は踏み抜いてしまった穴の中だ。持ち上げることもできない。

ブリジットは迷った末、ガラクタにかけられていた布を細く引き裂き、それで太腿の下、膝の上をきつく縛り上げた。

昔読んだ医学的な書物の中で、大怪我を負った人の血をこの方法で止めていたはず。けれどお勧めのやり方ではないとも綴られていた気がする。素人がするのは危険なのかもしれない。だが他に思いつかないし、何も手を打たずに漫然と助けを待つのは嫌だった。

「お願い、止まって……」

窓から差し込む光の角度が屋根裏に来た時から変わっている。今は何時頃だろう。祈るような気持ちで、ブリジットは早く時間が経つことを願った。

このまま死んだりしたくない。ローレンスに会いたい。まだ、大切なことを言っていない気がする。いや、いくら言葉を重ねても届いていない本当の気持ちを彼に伝えたかった。

「うぐっ……」

座っていることも辛くなり、体勢を変えると、焼けるような激痛が押し寄せた。床を踏み抜いてしまった直後はたいしたことがないと思ったけれど、それは驚きのあまり痛覚が鈍麻していただけらしい。今ではじっとしていても、脈動に合わせて痛みが全身に広がってゆく。

汗をかいているのに全身が震え、暑いのか寒いのか分からなくなった。ただ痛みだけが鮮烈で、意識を失うことを許してもらえない。

――そうだ……お姉様も沢山血を流して亡くなっていたわ……だけどどうして傷を負われたのだっけ……？　記憶が混乱しているみたい。脚が痛い……お姉様もこんなに痛かったのかしら……いいえ、きっともっと辛く苦しかったはずだわ……

いよいよ自分の命が尽きようとした瞬間、姉は本当に後悔しなかったのだろうか。そして誰を思い浮かべたのだろう。きっとそれは、他の誰よりも大切な、愛する人だったはず。

――ローレンス様……私ね、ずっと前から貴方が好きだったの。本当はお姉様より私を見てって言いたかった……こんな嫌な人間だから、罰が当たったのかな……

しっかりしなければという思いとは裏腹に、ブリジットの意識は混濁していった。暗闇の中、さまよう己の幻影が見える。

瞼が重い。手足もまるで他人のもののようだ。

遠ざかる意識を繋ぎ止めようと足掻き、やがて力尽きる。ブリジットが最後に追った幻は、紫の瞳を持つ美しい幼馴染だった。

かくれんぼには自信があった。他は何一つブレンダに敵わないけれど、これだけはブリジットの方が得意な分野だ。『君は突飛な行動をするね』とローレンスに笑われたこともある。

そんなに、クローゼットの中にある母の大きな旅行鞄に身を潜めたまま眠ってしまったことが面白かったのだろうか。古くなった鞄が処分されてしまう前に、もう一度仕事をさせてあげようと思っただけなのに。

妹を心配し『危ないじゃないの！　窒息したらどうするの？』と叱る姉を、『ブリジットは僕らにはない豊かな発想を持っているんだよ』と言って彼は宥めてくれた。

一応、反省はしている。以降鞄の中に入ることはやめたし、見つけられやすい場所に隠れるのも遊びを盛り上げるためには必要だということも学んだ。

その後、両親にも怒られて悄然とするブリジットにローレンスはこっそり囁いた。

『確かにブレンダの言う通り、危険な真似は良くないな。でも僕はブリジットの自由な発想や優しさを尊敬している。だから無理にやめたり我慢したりする必要はないと思うよ。それでももし困った事態に陥ったら、必ず助けに行くから僕を呼んで』

約束、と言って手の甲にされたキスは、どこか大人びていてドキドキした。優しく頼りになるお兄さんである幼馴染が急に印象を変え、むず痒く落ち着かない気分になる。思い返せば、あの時がブリジットの恋の始まりだったのかもしれない。

——約束。助けに来てくれると、あの人は言った……

だったら今、来てほしい。このまま誰にも見つけてもらえずに旅立つなんて嫌だ。もしもう駄目だったとしても、独りで逝くのは寂しすぎる。

一緒にいてほしい。離れたくない。ローレンスを求める狂おしい気持ちが、ブリジットの中で噴き出した。会いたいと切に願い、彼を探して重い腕を持ち上げる。

あの人に触れたい。声を聞きたい。抱きしめてほしい。この感情は紛れもない恋だ。ただ一人を求め、ブリジットの手は空中をさまよっていた。

「……ブリジット」

——ああ、見つけた。

これはかくれんぼの続きだろうか。今日は自分が探す側だったのかと納得し、唇を綻ばせる。すると、柔らかなものが重なる感触がした。

いったい何だろうと探る間もなく、不思議なものは離れてゆく。少しだけ寂しい。温かいものでもあったから、熱が遠のいたことに切なさを覚えた。

「……——様……」

名前を呼んでもう一度あの人を探せば、手を握られていた。大きな手はおそらく成人男性のもの。ブリジットは最初父親かと思ったが、香りも雰囲気も何もかも違う。一番の違和感は握り締めてくる手の力強さだった。

　離すまいとしているかのように、痛いほどの力で摑んでくる。ブリジットが眉をひそめるとほんの少し緩めてくれたが、それでもまだ握力は強すぎた。

「……痛い……です」

「ああ、すまない」

　返事があるとは思っていなかったので、驚いたブリジットの意識が浮上した。どうやら夢を見ていたらしい。いや、懐かしい思い出を反芻していたのか。

　ゆっくり瞼を押し上げれば、ランプに照らされた夜の寝室が浮かび上がる。視界の中心では、ローレンスが身を乗り出し、こちらを見つめていた。

「ブリジット……！　もう大丈夫だ。足の傷は出血がひどかったけれど、命に関わるものではないと医師が言っていた」

「傷……」

　いったい何の話だろう。

　ぼんやりとした頭ではすぐに何の話か理解できず、ブリジットはオウム返しをした。すると無意識に身体に力が入り、途端に右足首に激痛が走る。

「うっ……」

「動いてはいけない！」

低く呻いて苦痛を示せば、慌てふためいた様子の彼がブリジットを押さえ込んできた。それでやっと、今自分がベッドに横になっていること、屋根裏部屋で自身の不注意により怪我を負い、手当てされたらしいことを知る。

「私……」

「発見が早くて良かった。もう少し遅かったら危なかったかもしれない。……あまり心配をさせないでくれ。屋根裏部屋で倒れているブリジットを見つけた時の、僕の気持ちが分かるかい？」

「ローレンス様が、私を見つけてくださったのですか？」

てっきり最初に探しに来てくれるのはニコルだと思っていた。早朝から出かけていたローレンスはいつ戻ってきたのだろう。

「昼頃、君の様子を見に屋敷へ戻ったんだ。――昨晩はその……無理をさせたから気になって」

昨夜の痴態を思い出し、ブリジットは思わず赤面した。確かに疲れ切ってはいたけれど、そこまで心配されるほどではない。気恥ずかしさで無言になったところを、再び手を重ねられ、撫でられた。

「君は屋敷内のどこかにいるはずだとニコルから聞いたが、姿が見当たらないし、昼食もいらないと伝言していたのだろう？　――不安になったんだ。このままどこかに消えてしまうのではないかと……」

「そんなこと、あり得ません」

思いもよらないことを言われ、ブリジットは驚いた。この結婚は姉の代わりでしかないけれど、本心では自分の望みでもあったからだ。

「――君は、確かにそんな方法は取らないだろうな……大事な家族のために我慢する方がブリジットらしい。でも僕は……不安で堪らなかった。いつか君が、この手からすり抜けていきそうで」

本当に恐怖を抱いていることを感じさせる声音で、ローレンスが吐き出す。いつも毅然としている彼には珍しい様子に、ブリジットは戸惑った。

「だから……必死に邸内を見て回った。部屋の扉を開く度、君の不在を突き付けられ、眩暈がしたよ」

責める口調ではないが、精神的に疲労している様子が強く感じられた。何となく、ブリジットの内側で騒《ざわ》めくものがある。

この人を心配させ、傷つけてしまったと、後悔の念が押し寄せてきた。

「ごめんなさい……」

「いや、君は何も悪くない。この焦燥は、僕自身の問題だから」

全ての部屋を探し、それでもブリジットの姿が見つけられず、ローレンスはいよいよ半狂乱になったと言う。レミントンの実家にも問い合わせようとした時、彼はふと屋根裏の存在を思い出した。

「君は昔、探検するみたいで楽しいと言っていたね。かくれんぼでもなかなか見つからない、絶好の隠れ場所だと。ブレンダは服や手が汚れるのを厭って屋根裏には行きたがらなかったから」

「……覚えていらしたんですね」

ローレンスにとってみれば、年下の女の子の相手など、いくら幼馴染でも率先してしたいことではなかっただろう。面倒見のいい彼が『仕方なく遊んでくれている』のだとブリジットはずっと思っていた。

聡明で口が達者な姉であれば会話を楽しめただろうが、ブリジットが相手では本当に『お世話してあげている』感覚だったと思う。

だから、細かな会話内容など、聞き流されていたとしても腹を立てるつもりはない。むしろそれが当然だと思っていた。自分にとっては宝物の記憶が、他者にとっては何でもないものでありうるのと同じだ。

「ああ。だから、君が一人になりたい時に行くのはあそこだと思った」

自分は一人になりたかったのだろうか。己のことなのに、よく分からない。近頃ずっと自身の気持ちや感情が不安定だったせいか、自己分析してみても全てが曖昧なのだ。

けれどそれでも――ローレンスが過去の何気ないやりとりを覚えてくれていて、助けに来てくれたことがとても嬉しかった。

「約束を……守ってくださったんですね……」

「約束？」

「昔、『もし困った事態に陥ったら、必ず助けに行くから僕を呼んで』とローレンス様が言ってくださったのです。あの時私は救われた気がしました……」

いくら変わり者の子供でも、周囲の空気くらいは感じ取れる。大人たちが自分を持て余し、姉を困らせていることはちゃんと気がついていたのだ。

そんな憂鬱を、彼が笑い飛ばしてくれた。どれほど楽になれたか、説明するのは難しい。一人でも理解してくれる人がいると、人は強くなれるのかもしれない。

「そんなことも言ったかな。ブリジットにいいところを見せようとして必死だったんだ。我ながら、背伸びした子供だった。――今回も、本当は君が怪我を負う前に駆けつけたかったけれど……間に合わなくて申し訳ない。屋根裏は全面的に修繕することにした。これからはブリジットが好きな時に、安全に出入りできるようにする」

「あ、ありがとうございます」

立ち入り禁止にされてしまっても仕方ないと思っていた。もともと物置としても機能していなかった場所なので、閉鎖されたところで生活には支障がなく、直してまで維持する理由はないのだ。

けれどローレンスは手を入れて安全な状態にしてくれると言う。ブリジットのためだけに。

大事にされているのだと感じ、胸の内が甘く疼く。二人きりで部屋の中で寄り添っていれば、『好き』という気持ちが高まり、痛いほど高鳴る鼓動が全身に血を巡らせて熱を孕んだ。

「……僕を呼んでくれたのか？」

「え？」

突然の問いに何のことかと瞬き、ブリジットは先ほどの『約束』の話だと理解した。

意識を失いつつある中で、ブリジットが思い浮かべたのはたった一人だ。

尊敬する父でも、優しい母でも、慕っていた姉でもない。夫であるローレンスだけだった。

あの瞬間確かに、自分は彼に救いの手を求め、そして今もう一度出会えた喜びにどうしようもないほど打ち震えている。重ねられる手に喜びを覚え、彼の体温や声、気配の全てに感謝していた。

「はい……このまま死にたくない、と思っていました。せめて最期に一度だけでも、ローレンス様に会いたかった……」

嘘偽りのない本音を吐露し、この気持ちの根源を探る。行きつく先は、やはり恋情だ。好きだから、愛しているから傍にいたいし離れたくない。

この想いは紛い物なんかじゃない。自分の内側から生まれ出る本心だ。昔からずっとブリジットの中にあり、消えることがなかった気持ち。それを、やっと思い出しただけ。

ブリジットは揺れる眼差しをローレンスに据えた。

何か言ってほしい。けれど何を言ってほしいのか自分でも分からない。変化を望み、怯えてもいた。結局どうしたいのか答えが出ないまま、卑怯にも彼に全てを委ねている自覚はある。だが、己の芯になる部分が揺らいでいる今、これがブリジットにできる精一杯だった。

「……ありがとう」

苦しげに吐き出されたローレンスの返事の意味は、どのようにも解釈できる。それこそ、受け取る側に都合がいい答えを選ぶことだって可能だろう。しかしブリジットは彼の本心が知りたかった。

仕方なく、訪れた静寂の中で重ねた手に意識を集中する。

互いの掌から交換する熱が心地いい。足の痛みも和らいでゆく気がした。

――満たされてしまう。何もかも。

それが良いことなのか悪いことなのか、未だ決められない。ただ、こうしていると泣きたくなるほど幸せで、ブリジットは昔の自分に戻れる気がしていた。

大きな憂いなど一つもなく、ガラクタさえも宝物に変えられた、毎日が煌めいていたあの頃に。

そこまで考え、ブリジットはハッとした。

「ガラス瓶……」

足に怪我をするまで持っていたあれは、どこにいっただろう。まだ屋根裏に転がされたままだろうか。他の人から見ればただのごみだから、もし工事が入れば捨てられてしまう可能性がある。

「取りに行かなきゃ……」

「ブリジット……？」

起き上がろうとしてもがく身体は、やんわり押し留められた。その際また足に激痛が走り、とても階段の上り下りはできないと悟る。

「ローレンス様、私どうしても処分したくないものが屋根裏部屋にあって……」

「これのことか？」

ひょいとブリジットの眼の前に突き出されたのは、綺麗に洗われ透明度を取り戻したガラス瓶だった。驚きに固まっていると、彼がこちらの手にのせてくれる。

「安心してくれ。屋根裏に置いてあるものは、全て君の許可なしに捨てはしないよ。また昔のように僕が見過ごしている宝物の存在を、教えてくれ」

「ローレンス様……」

「懐かしいな……土の中から掘り起こしたのが、つい昨日のことみたいだ」

「――覚えて、いらっしゃるのですか？」

思い出は、自分の中にしか残されていないと思っていた。それで良かったはずなのに、共有してくれる人がいると知り、思いのほか心が浮き立つ。

笑顔になったブリジットは弾んだ声で彼に問いかけた。

「貴方は絶対に忘れてしまったと思っていたのに」

「ひどいな、これでも記憶力はいい方なんだ」

「そういう意味ではありません。ただ、本当にくだらないことだったので……」

改めて考えると、ガラクタを収集する癖というのは、どう考えても褒められたものじゃない。もしも自分の家族や友人だったら、やめろとまでは言わなくても『隠した方がいい』と助言してくる気がした。かつてブレンダがブリジットに忠告してくれたように。

きっとそれが自然なことなのだ。

「ちっともくだらなくない。だってほら、とても綺麗じゃないか」

だからこそ、こうして同意と理解を示してくれる人の存在は、何ものにも代え難い幸運なのだ。求めたからと言って、簡単に得られるものではない。しかもその人が己にとって愛しい人で、相手からも同じ想いを返されているとしたら、それは奇跡と呼ぶに相応しい。

「他人に迷惑をかけないのなら、何を好きでいても構わないと僕は思う」

「本当に、そう思いますか……？」

「勿論」

愛おしさで胸がつかえる。上手く息が吸えなくなって、ブリジットは大きく喘いだ。鼻の奥がツンと痛み、色々なものが溢れ出しそうになる。涙も、感謝も、恋しい気持ちも、もう全て堪えられなかった。

――私、ローレンス様が好きなんだわ……お姉様に取られたくないと本当はずっと思っていた。

一度は途切れていたはずの想いが、まっすぐな一本の線になる。

ブリジットは長い間、世間の作った枠に己を当て嵌め、窮屈な思いをしてきた。それで大人になったと思い、少しは生きやすくなったと安心していたが、実際はずっと大きな我慢を自分に強いていたのかもしれない。

ローレンスへの恋心を認めた瞬間、楽になったのがその証拠だ。何かから解放された気がして、涙が止まらなくなっていた。

――告げたい。私の本当の気持ち。でも――

喉元まで出かかった言葉を不思議な力が妨げる。これまでだって愛を伝えていたのに、いざ心からの想いを告げようとすると息が苦しくなった。何故かは分からないが、押し留めようとするものがブリジットの内側にあるかのようだ。

脳裏にちらつくのはブレンダの最期の姿。姉の犠牲の上に、この婚姻は成り立っている。

――そもそもどうして、お姉様は……

その理由を、ブリジットは知っていたはずだ。でも上手く思い出せない。絶対に忘れていいものではないのに。

手繰り寄せようとする記憶の先に、暗く冷たい感情が顔を覗かせた。囚われる。負の感情に。ブリジットはもう二度と、あんな思いをしたくなかった。

ローレンスを愛していたい。誰かを愛する幸福の中にいたい。もう誰のことも、恨んだり憎んだりしたくないのだ。彼のことで心をいっぱいに満たし、いっそ侵食され尽くしたかった。忘れてしまいたい。辛く悲しいことの全てを。

「……ぁ、あ……」

「ブリジット？　大丈夫か？」

心と肉体が乖離する。震え出した身体を、ローレンスに抱き止められていた。痙攣する四肢を摩られ、混乱は次第に治まってゆく。

ガラス瓶を抱きしめると、ヒヤリとした冷たさが心地良かった。次第に温もっていくそれを強く胸へ押しつけ、深呼吸する。左手薬指に嵌められた指輪とぶつかり、小さな音がした。

「もう、平気……です。ローレンス様、助けてくださって本当にありがとうございました」

「……いや、ゆっくり休みなさい」

ベッド横のチェストの上に置いたガラス瓶は、昔と変わらず葡萄の柄がとても愛らしい。ローレンスがブリジットのために磨いてくれたのだと思うと、喜びもひとしおだった。

けれど幸福感を覚えるほどに、苦しくなる。溺れてゆくのは甘い毒の海。もしかしたら自分は、大切なことを敢えて忘れることで、自らその中に飛び込もうとしているのかもしれない。何よりも、自分の意志でブレンダのことを忘れたがっているのではないか。

柔らかな過去の思い出を一つ取り戻す度、彼に惹かれてゆく。いや、封印したはずの恋心が顔を覗かせ、次第に大きくなってゆくのだ。本心では、ローレンスと幸せになりたいから。それこそが、ブリジットの幼い頃からの夢だったからだ。

「お休み、ブリジット」

「……お休みなさい、ローレンス様」

部屋を出て行く彼の足音に耳をそばだて、ブリジットは姉への罪悪感に涙をこぼした。

6　本当の呪い

少しずつ、けれど確実に、呪いは彼女を蝕んでゆく。

結婚してから三か月。

ローレンスは父から届いた手紙を読みながら、うっそりと微笑んだ。

綴られていた内容は、療養のため訪れている保養地で最近体調が良くなってきたこと。精神的にも安定していることが読み取れ、正直ホッとした。やはり親にはいつまでも元気でいてほしい。もうしばらく様子を見て、いずれはこちらに戻ってもらうか、それとも本格的に移住を勧めるか兄と相談しなくては。

悩み事が一つ減り、ローレンスは二枚目の便箋《びんせん》に眼を通す。

そこには息子を案じる言葉が並んでいた。おそらく上の兄二人にもそれぞれ父からの手紙は届いているだろう。だが、自分に送られたものがきっと一番長く、深刻な内容だと断言できる。

手紙は当たり障りのない婚姻を祝う言葉から始まり、父が心底息子を案じていることが伝わってくる。そして幼い頃からよく知るブリジットのことも。次第に不穏な内容に変わる文章は、こちらこそが本題なのだろう。

結婚式に父は出席できなかった。まだ大勢の前に出られるほど本調子ではなかったからだ。レミントン夫妻も納得してくれ、爵位を継いだ長兄が代わりを務めて、つつがなく終えることができた。

長くなった文面は、単純に仕事や家族、身体の心配をしているのではない。ローレンスと父の間でしか伝わらない秘密が認《したた》められている。文中で『あれ』と濁されたものの正体は、間違いなく母の形見の指輪のことだ。

「……大丈夫。僕は妻を大事にしていますよ」

かつての父が母を愛し、宝物の如く扱っていたのと同じか、それ以上に。

自分の腕の中に囲い、あらゆるものから守ってやりたい。彼女を傷つけるものは何であれ許せない。

だからローレンスは、屋根裏の床を全て張り替えた。一部を修繕しただけでは気が済まない。安全のためだけでなく、ブリジットの足に傷をつけたものの残骸があることが、耐え難かったのだ。

本心では屋敷ごと建て替えたかったけれど、所有者が自分ではないから流石に自重した。代替わりした暁には、いっそこの別邸は取り壊してしまおうか。

――ブリジットが頷いてくれたら、だが。

彼女の嫌がることは何一つしたくない。何故なら最も辛いことを他でもない自分が強制しているからだ。

感情を操り、嫌いな男に心も身体も、人生も縛りつけている。こんな地獄、想像しただけでおかしくなりそうだ。自分ならとっくの昔に精神の均衡を崩しているかもしれない。

だがブリジットの強い意思はギリギリのところでローレンスを拒んでいるらしく、なかなか堕ちきってくれなかった。

傍から見ていて痛々しいほど、彼女が追い詰められているのが分かる。ふとした瞬間、苦しげに顔を歪めていることがあるのだ。段々その回数が減ってきているのは、呪いが強くなり離れていても作用してきているからに違いない。

あともう少し。

それで完璧なものになる。二度と解けない呪縛によって、ブリジットはローレンスだけのものになるはずだ。――本当の気持ちを壊されて。

母はいつから、指輪の力に完全に支配されていたのだろう。自分が覚えている限り、辛そうな様子は見られなかった。いつでも頬を染め、瞳に恋情を湛えて父を見つめていた。

あそこまでになるには、あとどれくらいの年月が必要なのか。

ブリジットが苦悩しているのを知りながら、そんなことを冷静に考えている自分が恐ろしい。今のローレンスは、自分は絶対に陥ることはないと思っていた迷路の中に自ら飛び込んでいた。やみくもに突き進みすぎて、もう引き返すことはできない。そしてこの迷宮に、出口はないのだ。

永遠にさまよい続け、終わりが訪れるのは、どちらかが死んだ時だけ。

ブリジットの指輪を外してやる気のないローレンスは、暗く濁った瞳で読み終えた手紙を折りたたんだ。

――――死が二人を分かつとも、手放す気はないけれど。

彼女は自分のものだ。神にも渡さない。それくらいならいっそ、共に地獄に堕ちてやる。

ブリジットさえいればどんな苦境であっても、楽園に決まっていた。

ずっと子供の頃から、自由な感性を持つブリジットが好きだった。生真面目な性質のせいで生きづらさを感じ、懸命に何とかしようと自力で頑張る姿にも感銘を受けた。

ブレンダと違い器用でない彼女は、人一倍努力を重ねてきたのだろう。しかしそれを誰に言うでもなく、黙々と実行し継続できる強さを持った人なのだ。

何事も簡単にこなせてしまうが故に熱中できず、世間を斜めに見ていたローレンスには、大きな衝撃だった。

自分にとってはただのごみとしか認識できないものでも、ブリジットは宝物に変えられる。物に心があると信じ、寄り添う優しさを持っている。

かくれんぼの途中、木の上で眠っているのを見つけた時には大層肝を冷やした。

彼女にとっては特にたいしたことではなかったらしく、『危ないじゃないか！』とローレンスが声を荒らげたのを、不思議そうに見下ろしてきた。あの時の無垢な顔を思い出すと、今でも笑いを禁じ得ない。ブリジット曰く、枝が雲を捕まえたがっていたから、手伝ってあげようとして、結果眠ってしまったらしい。

とにかく、一緒に過ごした子供時代はとても刺激的だった。ローレンスが大人や世界を舐めたまま大人にならずに済んだのは、世の中には己の考えが及ばないことがあり、自分とは全く違うものの見方や考え方をする人間がいるのだと、ブリジットが教えてくれたからだ。

貴重な体験は、ローレンスを成長させてくれ、『ちょっと変わった女の子』が『特別な女の子』に変わるのに、さほど時間はかからなかった。

いつしか眼で追うようになり、ブリジットが年相応の落ち着きや良識を身に着けても、気持ちが変わることはなかった。

ブレンダを手本にして背伸びする彼女を見るのが好きだったし、勉強などを褒めてやると花が綻ぶように笑うのがとてつもなく可愛かった。読書家で自主的に学ぶ姿は、『仕方なく、与えられた役割を果たすため』勉強をしていたローレンスと対極のものだ。

尊敬していたのだと思う。

ずっと年下の、妹のような彼女を。心の底から称賛していた。

透明だった想いが淀んでしまったのは、ブリジットに拒絶された瞬間だ。それまでも避けられていると感じることはあっても、嫌われているとは微塵も考えていなかった。お互いもう子供ではないから一時的に距離ができることもあると楽観視していたのだ。

――それがまさか、あそこまで憎まれていたなんて……

理由は薄々分かっている。ブレンダのことだろう。ブリジットがあれほど頑なになる理由は、他に思い当たらない。彼女がどこまで真実を知っているのか――確かめたかったが、全ては手遅れだ。

既に運命の歯車は大きく回り始めた。この先に破滅が待っているとしても、もう止められない。軋む音を立てながら、砕けるまで回転し続ける。

――まさか僕が父と全く同じ道を選ぶことになるとは――

自分は違うと信じていたのに、このざまだ。結局は己の欲求に抗えず、愛しい人を苦しめてでも傍に置いておきたいと考えている。仮にブリジットが壊れても、他の男に奪われる恐怖と比べれば、格段にマシだと思えた。

――狂っている。

強すぎる執着と狂気に似た恋情。これこそがアンカーソン家の男たちにかけられた呪い。あの指輪はおそらく、最後の理性を突き崩すものなのだろう。あんなものさえ存在しなければ、きっとまだ人並みの抑制を保っていられたはずだ。

今なら分かる。父の苦悩も懺悔も罪深さも。彼が言った通り、真実ローレンスは父に似ていた。だからもう、引き返せない。

ローレンスの力ではどうにもならず、どうする気もなかった。むしろ好都合だとさえ思う自分に、慄然とした恐怖と嫌悪が拭えない。

間もなく彼女の全てが手に入る。共に暮らし始めて三か月。二人の関係は格段に良くなってきている。共に過ごす時間を増やせば、ブリジットの態度はどんどん軟化していった。今では一緒にあちこち出かけ、仲睦まじい若夫婦として周囲に認識されている。

入浴好きの彼女に合わせて、一緒に風呂に入ることも珍しくない。いつ子供ができてもおかしくないほど、何度も身体を重ねている。全てが順調。望んだ通りの世界がここにある。

だが何故だろう。時折、どうしようもないほどの虚しさが胸に宿った。原因は分かっている。ブリジットが屋根裏で大怪我を負ったからだ。

あの日初めて、彼女を本当に喪うかもしれない恐怖を味わった。それまでは漠然とした不安でしかなかったものが、急に生々しい恐れとなって眼前に現れたのだ。このままいけば、ブリジットも母と同じ道を辿るのかもしれない。衰弱《すいじゃく》や病気という形で、若くしてこの世を去るのではないか。

想像するだけで足が竦んだ。彼女のいない世界でなどとても生きていけない。けれど他の男に奪われる未来ならば、完膚なきまでに叩き潰してやりたかった。

幸福を感じるほどに、偽りであることが辛くなる。それでもローレンスは後悔などしていない。今更許されるとも思っていない。

けれど紛い物の思慕に侵されてゆく彼女を見ていると、胸が痛むのも事実だった。

◇◇◇◇◇

二人で観劇に出かけた帰り、ブリジットはローレンスに連れられ宝飾品店にいた。

ズラリと並ぶ、宝石の数々。色とりどりの美しさに、思わず感嘆の溜め息が漏れた。

「どれでも好きなものを選んで」

「あの、ローレンス様。お気持ちは嬉しいのですが、私は今あるもので充分です」

母から受け継いだものもあるし、結婚する際父が用意してくれたものもあった。何より、彼がくれた義母の形見の指輪があれば、他には何もいらない。

もともとさほど装飾品に興味がないブリジットは、首を左右に振った。

「君にはガラス瓶の方が良かったかな？」

「そ、そういう意味ではありません」

ニヤリと笑った顔にからかわれている気配を感じ、ブリジットは唇を尖らせた。

「こんな素敵なお店で、恥ずかしいことを言わないでください」

いかにも上流階級の人々御用達の高級店で、商品とガラス瓶を比べるなんて正気の沙汰じゃない。顔から火が出る思いで、小声の抗議をした。

「ごめん。君があんまり可愛い反応を見せてくれるものだから、つい」

「そ、そういうことも人前ではおやめください……」

急に甘い台詞を吐かれ、余計に頬が紅潮した。最近ローレンスは、事あるごとにこちらが照れてしまうような言葉を囁きかけてくる。それも二人きりの時だけではなく、使用人の前では勿論、友人や家族がいる場でもお構いなしだ。当然こういった店舗の中でも、人目を憚らず蕩けそうな瞳で見つめてくる。

「噂に違わず仲がよろしいご夫婦ですね。羨ましい限りです」

にこやかな店員に話しかけられ、ブリジットは飛び上がりそうになった。全て見られ、聞かれていたのだと思うと、本当に今すぐ店から出たくなる。しかしローレンスにがっちりと腰を抱かれた状態では、とても逃げられなかった。

「妻に似合うネックレスかイヤリングを探している」

「可愛らしい奥様ですね。嵌めていらっしゃる素敵な指輪に合うものを、ご用意いたしましょう。どうぞ、こちらへ」

店員の言葉に、ブリジットはローレンスがさりげなく『指輪』の選択肢を排除したことに気がついた。彼は「どれでも」と言ったが、その中に指輪は含まれていなかったらしい。

――別に構わないけれど、どうしてかしら……？

不思議に思いつつも店員に促されて店の奥へ進む。煌びやかな商品の数々を眼前に並べられると、抱いた疑問は跡形もなく消えていた。

「こちらなど如何でしょう？　奥様の白い肌によく映えると思います。同じ石で作られたイヤリングも、大ぶりで揺れ方が美しいでしょう？　顔周りを華やかに演出してくれます」

「えっ」

素晴らしい品だったが、指輪ががっしりとした作りのせいか、派手なものを好むと思われたのかもしれない。少しばかりブリジットには大きいと感じられる豪華なものばかり勧められ、困ってしまった。

自分の趣味ではないが、他者の眼から見たら似合うのだろうか。しかも支払うのはローレンスだ。決定権は彼にあると思い、ちらりと横を窺った。

「どれも悪くないが、もっと繊細で邪魔にならないものが欲しい。妻には僕が贈ったものを毎日身に着けてもらいたいから」

ブリジットの言いたいことを正確に読み取ってくれたローレンスは、やんわりと店員に述べる。すると恰幅のいい店主が大急ぎで別の商品を持ってきてくれた。

「これは失礼いたしました。可愛らしい奥様には繊細なデザインの方がお似合いになりますね。ではこちらなど如何でしょう？」

勧められたのは、紫色をした石を房のように纏めた、まるで葡萄を模したイヤリング。小振りで重くなく、シャラシャラと揺れる様子が可愛らしい。

いかにもな宝飾品ではないので夜会などには不向きだが、日々さりげなく身に着けるには丁度いい気がした。

「何だか美味しそうだな。その隣のネックレスも派手さはないが石の質がいい」

「お分かりになりますか？　流石、ローレンス様。こちらは本当ならいくらでも贅を凝らして仕上げることができたのですが、敢えてシンプルに作ってみました。その分、石の良さが浮き立ちますでしょう？」

我が意を得たりとばかりに、店主の説明に熱がこもる。確かに、一見地味にも見えるネックレスだが、中央にあしらわれた透明の石が他を圧倒する輝きを放っていた。ブリジットでさえ、思わず見入ってしまう。

「気に入った？」

「あ、その」

じっと凝視しすぎてしまったか。どちらもあまり見かけない珍しい作りで、ブリジットは一目で心を奪われていた。だが、葡萄のイヤリングはまだしも、ネックレスはかなり高価であることが予想される。どちらもいらないと主張したところで、ローレンスが納得してくれるとは思えなかった。ならば、ブリジットの答えは一つだ。

「イヤリングを……」

「両方いただこう。ああ、そのネックレスに合わせたイヤリングもあれば見せてほしい」

「ええ、勿論ご用意できます」

ブリジットが言うより先に、彼は新しい品を持ってこさせてしまった。しかもそれは、ネックレスと同じく石の透明度が抜群に高い一級品だ。いくら小粒であっても、とんでもなく高価であるに決まっている。

「ローレンス様……！」

「ああ、いいな。ブリジット、君はどう思う？」

「それは、見たこともないくらい美しいですが……」

「では決まりだ。全て包んでくれ。いや、紫色のイヤリングは身につけて帰ろう。それから店頭に飾ってあった蝶の髪飾り。あれも頼む」

止める間もなくローレンスは注文を終え、店主が満面の笑みで腰を折った。

「ありがとうございます。すぐにご用意いたします」

こうなっては、今更『いらない』なんて言えない。ブリジットが唖然としている間に支払いは済んでしまい、気づけば帰りの馬車に揺られていた。

「――それにしても、君は本当に葡萄の柄が好きだな。あと蝶。店に入る前、店頭に飾られているのをじっと見ていただろう？」

気づかれていたのか。

振動に合わせ、耳たぶを飾るイヤリングがシャラシャラと音を奏でる。ブリジットはようやく動揺から立ち直り、向かいに座るローレンスを見た。

「こんなに高価なものを沢山……勿体ないです……ごめんなさい」

「夫が妻に贈り物をする権利を、君は奪うつもり？　僕は自分がしたいから、購入したまでだよ。――ああ、本当によく似合っている。これにして正解だった」

満足げに頷く彼を見ていると、勿体ないという態度を取り続けるのも気が引けた。喜んでくれるなら、素直に受け取るべきだとブリジットも気持ちを改める。正直なところ、父以外の男性から宝石を贈られたのは初めてなので、とても嬉しかった。自分にも普通の女性と同じ感性はあったらしい。それともローレンスが選んでくれたからだろうか。

「……ありがとうございます」

「やっと笑ってくれた。謝られるより、お礼を言われた方がずっといい」

向かい側のベンチから伸ばされたローレンスの手がブリジットの耳朶に触れ、イヤリングを軽く揺らす。離れてゆく指先が頬を掠め、むず痒い疼きとなった。

ドキドキとして胸が落ち着かない。同時に不安が募る。最近いつもこうだ。

友人のアメリは、どんなに好きな相手であっても段々慣れてくると言っていたけれど、自分には当て嵌まらない気がする。こうして毎日共に過ごしていても、鼓動が落ち着くことは考えられない。いつだって日々新鮮で新しいときめきに襲われていた。

ブリジットにとってローレンスとの生活は、ずっと夢の中にいるようなものだからだ。極上の花畑に寝転んでいる感覚に近い。

けれど、大好きな花の香りに包まれて幸せなのに、次第にむせ返る匂いが辛くなってくる。広大な場所に、独り放り出されている孤独感。日暮れが迫る寂寥感。そういった諸々がじりじりと胸を焦がしてゆく。

何に不安を感じているのか自分でも分からないまま、早く帰らなければと焦り出し、そして帰る場所が見つからないのだ。

幸福と不幸は背中合わせの紙一重。満たされた分だけ、何かを失ってゆく気がした。忘れてしまっていることがある気がするのに、その正体が不明な分、余計にブリジットは息苦しくなっているのかもしれない。

――心配性なのかな……幸せであるほど、怖くて堪らなくなるなんて……

思い悩むうちに、馬車は屋敷に到着していた。ローレンスに手を引かれ、ブリジットは邸内に入る。すると執事がいつもより慌ただしく出迎えてくれた。

「お帰りなさいませ、旦那様、奥様。お客様がいらしております」

「客？　今日は何の予定も入っていないはずだが……」

首を傾げるローレンスに彼がやや緊張気味に答える。

「旦那様のお父上、アンカーソン前伯爵様です」

「え、おじ様が？」

ブリジットはつい癖でおじ様と呼んでしまったが、今は義父だ。結婚式の時にも会えなかったので、直接顔を合わせるのは随分久しぶりになる。ローレンスの母が亡くなって以来塞ぎがちになり、近年は体調を崩していると聞いていたから、ずっと案じていた。

「父が？　どうして急に……」

戸惑いの声を上げる彼はチラリとブリジットを見た。そしてしばらく思案し、ブリジットに向き直る。

「ひとまず僕だけで父に会う。君は部屋で休んでいてくれ」

「いいえ、そんな。私もご挨拶します」

まるで追い払おうとする言い方に、思わず言い返した。幼い頃可愛がってくれた義父に会うのなら、絶対に同席したい。のけ者にされるのは嫌だと主張しかけた時、階段をゆっくり下りてくる男性の姿がブリジットの眼に入った。

「久しぶりだね、ブリジット。君たちの式に出席できなくてすまなかった」

「おじ……お義父様」

ローレンスがそのまま年を重ねたような姿。整った容貌は、年齢によって損なわれることはなく、むしろ加齢によって刻まれた皺が男性的な厚みと魅力を感じさせた。髪には多少白いものが交じっているが、それさえも大人の渋みとなっている。口元には穏やかな笑み。切れ長の双眸は、息子と全く同じ紫色の宝石に似た魅惑的な色をしていた。

均整の取れた身体つきには弛みがなく、ローレンスの将来を垣間見た気持ちになれる。相変わらず、本当によく似ている。きっと彼も父親と同じように、年を取っても人々を魅了するのだろう。

「突然来てすまない。どうしても君たちに会いたくなったんだ。迷惑だったかな？」

「とんでもない！　ようこそいらしてくださいました。ですが、お身体は大丈夫ですか？」

義父が静養していた地は、ここからかなり離れている。気軽に行き来できる距離ではないはずだ。見たところ顔色もいいし、最後に話した数年前より格段に元気があるように感じられるが、長旅は負担がかかっただろう。

「しばらく滞在していかれますよね？　すぐにお部屋をご用意します」

「いや、流石に新婚夫婦のもとに滞在する気はないよ。心配しなくても、アンカーソンの屋敷に話を通してある。あそこは一応、私の家でもあるから」

「まぁ……それは残念です……せっかくローレンス様のお話を沢山聞かせていただけると思ったのに……」

話しながら、ブリジットは義父の視線がまずは自分の耳たぶに止まり、その後左手薬指に移動したことに気がついた。そして数秒、瞬きもせず凝視してからひどく悲しげな視線をローレンスに移したことにも。

「……父上、連絡をくだされば迎えに行きましたのに」

「年寄り扱いしないでもらいたいな。――――それよりブリジット、少しだけ愚息と話をしたいのだが、許してくれるかね？」

「え、はい、勿論です」

義父に頼まれてしまえば嫌とは言えない。内心寂しかったが、ブリジットは快く頷いた。

応接間に向かう父子を見送って、自分は部屋に戻り、ローレンスに買ってもらった装飾品を改めて手に取る。どれも素敵で、純粋に嬉しい。何度か鏡の前で装着してみて満足すると、大切にしまっておこうと決めた。

「そうだわ。お姉様に頂いた蒔絵の小箱に入れておこう」

一番大切なものだから、宝物の中に収めておきたい。いそいそと箱を取り出したブリジットが蓋を開けようとした時、自分のものではないもう一つの小箱が隣に置かれていることに気がついた。

「……え？」

不思議と、姉のものだとすぐに分かる。けれど何故これが手元にあるのかが理解できなかった。嫁入り道具には、自分のものしか持ってきていないはずだ。ブレンダの小箱は、今もレミントン家の彼女の部屋に残されているはず。それがどうして。

不意に頭に浮かんだのは、いくつかの光景。夜の森。掘り起こされた土。そして——思い出そうとした刹那、ガタンッと何かが倒れる音が聞こえてきた。応接間がある辺りからだ。驚いて耳をすませば、怒鳴り合う男たちの声が漏れ聞こえてきた。

「えっ……？」

まさか再会早々父子喧嘩だろうか。姉妹二人だけだったブリジットは、男性同士の争いなど眼にしたことがない。荒々しい物音を聞くのも初めてで、正直身が竦む。それでも止めなくてはならないと思い、部屋を飛び出した。

廊下は人払いされているのか、誰もいない。普通なら使用人が飛んできそうなものなのに、シンと静まり返っていた。対照的に応接間の中からはくぐもった声が聞こえてくる。

「——から、……じゃないかっ」

「……には、……ないっ。……っておいてくれ！」

ローレンスがこれほど感情的に声を出しているのを、耳にしたことはない。彼の父も同様だ。二人とも理性的でよく似た親子のせいか、余計な衝突を避けるところがあるのだ。

とにかく冷静になってもらわねば。ブリジットがドアノブを握り締め、細く扉を開いた瞬間、彼らの声が一気に鮮明になった。

「放っていられるわけがないだろう！　我が子が罪を犯そうとしているのに……！」

聞き捨てならない台詞に、ブリジットの動きが止まった。ほんの少し開かれたドアに彼らは気がついていない。

「父上は、全て分かった上で『あれ』を僕に渡したのでしょう。それなのに今更、善人ぶるのですか」

「そのことは、後悔している。本当は私の代で、処分しておくべきだった……」

「私は感謝していますよ。『あれ』のおかげで、本当に欲しいものを手に入れることができましたから」

――『あれ』って何……？

話の流れや雰囲気から、あまり良いものではないと推測できた。しかも犯罪に関わるものなのか。夫と義父に降りかかるあらゆる厄災を想像し、ブリジットの背筋が冷える。彼らが悪事に加担していたなんて、とても考えられなかった。

「……私と同じ過ちを繰り返すつもりか」

「過ちだと、思っていらっしゃるのですね」

痛いところを突かれたのか、義父が押し黙った。落ちた沈黙が耳に痛い。ブリジットの居場所からは、二人の姿はほとんど見えないが、何故かローレンスが歪な笑みを浮かべたことは、はっきりと分かった。

「……母を殺め、それでも『あれ』を手放せず、不幸を繰り越したと思っていらっしゃるのですね」

「……！」

悲鳴を嚙み殺せたことは、奇跡に近い。ブリジットは扉の陰に身を潜め、自らの口を手で塞いだ。ガクガクと膝が震える。今耳にした言葉の意味が頭に浸透してくるにつれ、震えは全身に広がっていった。

「――そうだ。今ならまだ間に合う。ブリジットを解放してあげなさい」

――私？

突然名前を出され、視線を泳がせる。いや、激しく震えているせいで焦点が合わないだけなのかもしれない。立っているのも辛くて、ブリジットは傍らの壁に寄りかかった。

「お断りします。あと少しで……彼女の全てが手に入る」

「そのために、ブリジットが死んでも構わないのか？　呪いは着実に対象者の身体と精神を蝕んでゆく。全く異質の感情を植え付け心を書き換えるのだから、衰弱して当たり前だ。この家に嫁いだ女性が皆、短命だったのを忘れたわけではないだろう！」

「……貴方がそれを言うのですか？　母を殺めたと後悔していた貴方が？」

――呪い？　短命？　母を殺めた？　どういうことなの……

不穏な言葉の羅列に、眩暈が引き起こされた。ブリジットは倒れかけてドアノブを両手で摑み直し、左手薬指を飾る指輪に眼を留める。深い紫色が今日は殊更妖しく光っている気がした。

じっと見ていると、惹き込まれる。美しいが故に人を惑わせる、不思議な力に。

「……お前まで同じ地獄に堕ちる必要はない。あの指輪は、偽りの恋心の代償に、命を消費する。ローレンス、お前は本当にそれでいいのか？　ブリジットを捻じ曲げて衰弱させ、満足しているのか？」

――偽りの恋心。

頭の中で、何かの欠片が嵌まる音がした。これまでずっと疑問だったこと。おかしな強制力が働いている気がしていた理由。記憶が曖昧に霞んだわけ。もしも今考えていることが正しければ、全てが説明できる。あとはもう、非現実的な現象を受け入れられるか否かだけだ。

ブリジットも以前なら笑い飛ばしていたかもしれない。指輪に人の気持ちを変えられるだけの力などないと信じなかっただろう。

だが今は、不自然なほど納得していた。

自分が自分でなくなっていく感覚。本来なら生まれるはずのない恋情。それら全てが、呪いによってもたらされていたとしたら。馬鹿馬鹿しいと撥ね除けられるだけの強さを、もはやブリジットは持っていなかった。

――この、指輪のせいで……？

湧き上がる気持ちが悲しみなのか憎しみなのか、全ての感情が一緒になってしまい分からない。

ついに立っていられなくなったブリジットは、その場にくずおれていた。扉は弾みで大きく開かれる。

最初に感じたのは、床の冷たさ。何故か硬さは認識できなかった。強かに膝を打ちつけたのに痛みもない。あるのは虚脱感。そして刺さるほどに強い、二人分の視線だった。

「……ブリジット……」

こんな時なのに、名前を呼ばれたことが嬉しい。愛しい人の声につられ、緩慢に頭を上げる。視界に入った光景は、ローレンスと義父が部屋の中央で立ったまま、呆然とこちらを見ているものだった。

「……ごめんなさい……立ち聞きするつもりはありませんでした……」

場違いな謝罪以外、何も出てこない。頭の中は空っぽで、考えるのも億劫だった。いや、考えてしまうと、嫌な答えを導き出さなければならないことを察しているからだ。

ブリジットは微笑もうとしたが、上手く顔が動かず失敗した。

今、何を言えばいいのだろう。どうすることが『普通』なのか。常識に当て嵌めて考えようとしても、何一つ出てこなかった。だってこんなに奇妙な状況、誰も教えてくれなかったし、本にも書いていなかったではないか。

荒唐無稽な呪いに縛られ、生まれるはずのない恋心に翻弄されていたと訴えても、いったい誰が本気で聞いてくれるだろう。ブリジットの頭がおかしくなったと思われるだけに決まっている。しかも夫となった人は全てを承知の上で、妻に迎えた女が衰弱してゆくことも理解していたなんて。

積極的に手を下したわけではない。だがこれは、消極的な殺人にも等しい。

まず心を殺し、それから命も奪う。これ以上残酷な支配がこの世にあるのか。

うなだれていたブリジットは、ローレンスがこちらに伸ばした手を反射的に振り払ってしまった。

——思い出した。何もかも。

ブレンダの死に様とその理由も。小箱の中に残された手紙についても全て。

彼に触れられたくない、と火がついたような激しさで思う。かつてはこの身に充満していた黒い感情がよみがえり、ずっと忘れていた憎しみに呑みこまれそうになった。

けれど同時に胸が軋む。

傷ついた顔をする彼を前にして、ブリジットの中で心にひびが入る音がした。

本当の被害者はこちらだ。自分こそ、めちゃくちゃに傷つけられて、立ち上がる気力も湧かないでいるのに、何故ローレンスが絶望を露にしているのだろう。彼は、ブリジットが死んでも構わないと思っていたくせに。妻が苦しむ姿を見ても、せせら笑っていたのではないか。

許せない、と思うよりも深く、悲しくなった。

裏切られていたという怒りと衝撃が駆け抜けて、一瞬の激しさが落ち着いてくると、押し寄せてくるのは抱えきれないほどの悲哀だ。ブレンダを亡くした時と同等か、それ以上に胸の内に穴が開く。

ブリジットの両眼から涙が溢れ、床に水滴がぽつぽつと落ちた。

「……ずっと私を騙していたんですね」

溺れるほどの愛の言葉も、優しい気遣いや労りも全て、偽りでしかなかった。『どうでもいい、間もなく死ぬ相手』だから、一時的にいい夫の振りをしてくれただけ。ローレンスの本質はやはり、姉を死に追いやった残忍で冷酷なものなのだ。他者を思いのまま操り、破滅に追い込む悪魔と同じ。もしかしたら、それを間近で楽しむために、ブリジットと結婚したのかもしれない。

「お姉様にも、同じことをしたのですか……？」

「違う！　僕はブレンダに何もしていない！」

「……何も？」

床に爪を立てたブリジットは、吐き気を堪えるのに必死だった。少しでも気を緩めれば、意識を失いそうなほどに頭が痛い。眩暈がひどくて、眼を閉じることも難しかった。グラグラと揺れ続ける世界の中で、一人ぼっちになった気がする。誰も味方はいない。守ってくれる人も、寄り添ってくれる人も。

――ああ、私……いつの間にかローレンス様を心から信頼していたんだわ……

心底信じていなければ、これほどの痛みを感じるはずがない。姉を亡くした時、一番の理解者を失い大きな孤独に苛まれた。けれど今、それ以上に身を抉られるくらい苦しくて堪らない。

彼を味方だと思っていたからだ。ローレンスは自分を馬鹿にしない。共感を示し、理解しようと努めてくれる大切な人だと信じていたからこそ、裏切られた衝撃に引き裂かれていた。

ブリジットは恋と信頼は別のものだと思っている。恋情で眼が曇ると真実が見えなくなり、恋しいが故に疑心が強まることもあると知っていた。

自分以外の誰かに優しくしただけで嫉妬して、ありもしない心変わりに身悶えるのがいい例だ。

——私は無心にローレンス様を信じていた。本当に心を許し、無条件で彼を受け入れていた。

強制されていたのは、恋心。ならばこの信頼は、共に過ごす内、自然と生まれ育ったものだと言えるのではないか。

それを撥ね除けられたから辛い。二重三重に裏切られた。しかもこの期に及んでまだ、ローレンスはブレンダとの間にあったことをごまかそうとしている。あまりの不誠実さに、ブリジットは顔を上げる気力も奪われていた。

「——ブリジット……これは私が招いた事態だ。許してくれとは言わない。だが息子の言葉を聞いてやってくれないか。君が嵌めている指輪は、代々我がアンカーソン家に伝わるものだ。……私はその呪いから逃れられず罪を犯した。だがローレンスは、私を呪いの影響から引き剝がすために、指輪を受け継いでくれたのだ。初めから君をどうこうしようと画策していたわけではない」

「お義父様……」

よく似た顔立ちの父子は、声までそっくりだ。ローレンスよりやや低く低音の声音に説得され、ブリジットは強く眼を閉じた。

聞きたくない。これ以上、何を言われても、言い訳にしか聞こえない。

害になると知りながら、彼が自分に指輪を嵌めたことも、姉の恋心を踏みにじったことも。何一つ残酷な事実は変わらない。これ以上話し合うのは無意味だ。使い物にならない両脚を叱咤して、ブリジットは無理やり立ち上がった。よろめいた瞬間ローレンスが支えようとしてくれたが、意地で拒み床を踏みしめる。その虚ろな眼差しは常軌を逸していたに違いない。

「……しばらく一人にしてください」

誰にも会いたくないし話したくない。この屋敷の中でブリジットが安心して殻に籠もれる場所は屋根裏しかなく、ふらふらと階上へ向かった。

ついさっきまで、包みこまれる幸福感の中にいたのに、今はもう凍えてしまいそうなほど寒い。心が冷え切って、死んでゆこうとしているからだ。

屋根裏に鍵はないが、彼が押し入ってくることはないと思う。そこまで他者の気持ちを尊重できない人ではないはず――と思いかけ、ブリジットは失笑した。

これほど手酷く裏切られて尚、ローレンスを信じる気持ちが捨てきれないとは。愚かとしか言いようがなかった。それともこんな気持ちも、作られたものでしかないのだろうか。ブリジットには、何が真実かを己に問いかける余裕は残されていなかった。あらゆることを、放棄したい。――生きることさえ。

「お姉様……」

ふらりと、窓へ向かう。疲弊し傷ついた心に、『それ』は甘美な思いつきだった。どうしてもっと早く選択しなかったのかと問いたくなるほど、最善の方法に思えてくる。

この絶望を受け止めるにはブリジットの心は脆すぎた。限界ギリギリで堪えていたものが決壊し、冷静な判断力は失われ、これ以上考えずに済むことこそが、最高の救いに感じられる。

——お姉様のもとに行こう。

まだ結婚間もない妻が自死を選んだとなれば、ローレンスは醜聞に晒されるに違いない。上手く隠しおおせたところで、面倒な事態になるのは眼に見えていた。ブリジットは彼が右往左往する姿を想像し、溜飲を下げる。

両親に迷惑をかけることや、ブレンダの死について掘り起こされる危険があることには思い至らず、覚束ない手つきで窓を開けた。冷えた空気が流れ込み、髪を散らす。耳を掠める風の音は、死への誘いだった。

早くおいでと、得体の知れない何かに腕を引かれている気がする。窓は高い位置にあったが、よじ登れないことはない。これでも木登りは得意だったのだと、ブリジットは笑みを浮かべた。

窓を大きく開き、身を乗り出す。あとはもう一歩踏み出すだけ。それで全てが終わり。

——やっぱり私は出来損ないだわ。逃げることでしか、ローレンス様に復讐できない。だって——愛してしまったから。

ブリジットが空中に身を躍らせようとした、まさにその時。

「ブリジット！」

背後から掻き抱かれ、強い力で引き摺り降ろされた。

「っ……？」

床に転がった拍子にあちこちぶつけたが、痛みはほとんど感じなかった。それよりも絡みついてくる腕が苦しい。潰されるのではないかと思うほど、ブリジットはぎゅうぎゅうに抱きしめられていた。

「放して……！」

「駄目だ。君を死なせはしない」

――嘘吐き。

「私がいずれ弱って死んでゆくのを、放置するつもりだったくせに！」

この腕が誰のものなのか、顔を見ることなく分かってしまうのが悲しい。声と温もり、匂いと気配の全てで、ブリジットはローレンスを感じ取っていた。既に慣れ親しんだと言えるほど、彼は自分の中に浸み込んでいる。仮に眼を閉じ耳を塞いでいても、ローレンスを間違うことはあり得ない。そう確信できることが何よりも鋭い痛みに変わった。

「それはっ……」

「貴方にとって、私は使い捨ての道具だったということじゃない……！」

「違う！」

叫ぶように返されて、ブリジットは思わず息を呑んだ。涙で霞んだ視界の中、彼が悲愴な面持ちで覗き込んでくる。二人床に転がったまま、短い時間声もなく見つめ合っていた。

「……ブリジットを喪えば、僕は生きていけない。でもそれ以上に、君を他の男に奪われると想像するだけで、何もかも破壊したくなる……僕以外を選ぶ、ブリジットごと」

重すぎる告白に、呼吸を忘れた。これほどの執着を向けられたことはない。命を削ると知っていても、求めることをやめられない愚かな人。己の想いが相手を殺めるくらいに強いだなんて、それはもう狂気でしかない。

愛とは呼べない。醜い妄執だ。それでも――

恐ろしさより喜びを抱いてしまったブリジットも、彼と同等に愚かだった。きっと同じくらい異常で、とっくの昔に壊れてしまっているのだ。

全身に絡みつく鎖に縛られ、窒息する。ローレンスの愛情こそ、呪いと同じだった。

「……ひどい人……私が死ねば、貴方は満足なのですか……？」

「君を亡くしたら、僕もすぐ後を追う。父のように、一人この世にしがみつくことはできない。愛する人を死に追いやった責任を取る」

死んでも放さないと知らしめるように、腕の檻が狭まる。彼の言葉に嘘は感じられず、ブリジットは小さく喘いだ。

全力で抗えば、ここから逃れられるかもしれない。ローレンスの父に助けを求めることもできるだろうし、自力で指輪を外せないのなら薬指ごと斬り落としてしまう方法だってある。

他にもきっと知恵を絞れば、何らかの道が残されているだろう。――だが、どれも選びたくなかった。

彼を振り解くべき自分の手は、腹に巻きつくローレンスの腕に添えられている。大声を出して助けを求めることもせず、ただ唇を噛んでいた。紛い物であるはずの想いに囚われ、誰かを愛する温かな気持ちを、捨てられなかった。

「……卑怯だわ。貴方は、お義父様よりずっと弱くて狡《ずる》い人です」

「え？」

ほんの少し拘束が緩んだ瞬間、ブリジットは身体を捩り、反転した。そしてローレンスと向かい合う形になる。

「だってそうでしょう？　責任なんて言葉を使っても、それはただの逃避です。自分の罪に酔っているだけだわ」

生と死で引き離されることは悲しい。後を追うと言われ、嬉しくなかったわけではない。それでもブリジットには受け入れられなかった。

「お義父様はご自身の罪にきちんと向き合い、責任を取ろうとされているから、亡くなって楽になるのは、自分だけでしょう？　残された人はどうなるのです。息子たちから母を奪い、そしてまだ幼かったローレンス様を置いて逝くことこそ、無責任な行為ではありませんか」

たった今、何もかも捨て去ろうとしていたブリジットが彼を責めるのは身勝手だと気づいていた。都合のいいことを言っている自覚もある。けれど、死の縁に立った直後だからこそ、分かったこともあった。

楽な道に転がり込むこと自体が悪いのではない。戦うことだけが正しい道ではないから、時にはどこまでも逃げたっていい。だが誰かに重荷を背負わせるなら、話は別だ。

自分が負うべき荷物を押しつけるための逃亡は許されない。

苦しむ人がいると知った上での無責任な行為は、糾弾されても仕方がないと思った。

「お義父様は立派です。もがき苦しみながらも、生きることで罪を償っていらっしゃる。自分の闇に向き合っている証拠です。ローレンス様に、同じことができますか？」

彼の瞳に宿っていた狂気の焔が揺らいだ。紫の双眸が閉じられ、睫毛が震える。薄い唇が何度か開閉し、結局声を発することなく引き結ばれた。

「私は、貴方が私の後を追うことも、償いのために一人で生きることも望まない。……一緒に生きてくださることを願います」

きちんと意味が届くように、ブリジットは一言ずつゆっくり発した。結婚してから何度も濃密な夜を過ごしてきたけれど、今が一番ローレンスを近くに感じる。長い間触れられなかった本質に、ようやく手が届いている気がした。

幼い頃から兄妹のように育った彼のことはよく知っていると思っていたが、勘違いだったのかもしれない。少なくともブリジットは、ローレンスの隠された激情を知らなかった。これほどまでに危うく激しい想いを秘めていたなんて、想像したこともない。

理性的な人だと決めてかかり、衝動のまま行動する人ではないと思いこんでいたのだ。

しかしこうしていると、自分は彼の表層しか見ていなかったのだと痛感した。もしかしたら理想を押しつけていたのかもしれない。清廉で誇り高い、憧れのブレンダとお似合いであってほしかったし、絶対に手の届かない人だと、諦めさせてほしかったから。

「……やっぱり君は、僕にはない感性を持っている……僕はそんなふうに考えたことは、一度もなかったよ……」

「……変わり者だと、おっしゃりたいの？」

「まさか。――――きっとブリジットは、僕というつまらない人間に与えられた、天からの贈り物なんだ。想像もつかない世界をいつも教えてくれる」

感嘆の声に揶揄する響きはないが、本気で言っているのなら、大げさすぎて何だかおかしい。こんな場面なのに、ブリジットは苦笑してしまった。

「ローレンス様でも、冗談をおっしゃるのですね……」

「君に僕はどういうふうに見えているんだい？　ただの幼馴染で面白みのない男？」

先ほどから、つまらないとか面白みがないとか、どういう意味だろう。彼ほど恵まれた人が言う言葉ではない。己を卑下するローレンスを、ブリジットはまじまじと見つめた。

「……そんなに見つめないでくれ。君の純真な瞳で見つめられると、冷静でいられなくなる……」

困惑を露にして横を向いた彼に、胸が高鳴った。それはいつもの書き換えられた恋心とは、少し違う。痛みよりもむず痒さが強い、甘い刺激。

ブリジットが子供の頃に摘み取った、心の中の小さな芽と全く同じ感情だった。

「あ……？」

トクトクと鼓動が走る。加速してゆく音に耳を傾け、自らの胸の内を探った。

この想いは本物なのか、偽物なのか。どちらなのか分からない。

愛おしさと憎しみが同じだけ胸にあった。ただ、彼を想うと、幸福感に満たされて穏やかな気分になってくる。激情に流されているわけではなく、『彼を幸せにしたい』という感情が生まれるのだ。

だから左右どちらに振れてもおかしくない不安定な天秤でも、丸ごと受け入れられる心地がしていた。それさえも呪いの作用だと言われれば反論のしようがないが、ブリジットはもう思い悩むことをやめようと思った。

たぶん、どちらか一方が真実なのではなく、相反しているようで両立する感情なのだ。憎しみも愛情も全部、ブリジットのもの。だったら、憎悪に囚われるだけの人生ではなく、喜びを知る一生を歩みたい。結果、ローレンスに同じように償いを望むのだとしても、怒りのまま振るう鉄槌より愛情からの裁きを下したかった。

「ローレンス様……貴方は、お姉様にひどい仕打ちをしましたか……？　本当のことを教えてください」

聞くのは怖い。けれど確かめなければ前に進めなかった。ブリジットは勇気を掻き集め、ずっと口にする勇気が持てなかった言葉を絞り出した。

思えば、直接問いかけたのはこれが初めてだ。答えによっては、何もかもが変わってしまう。もう二度と、同じ場所には戻れない。

「……ブレンダと僕の間には君が想像するようなことは一つもなかった。僕はずっと、君だけを見つめて愛していたから」

愛していると言われ、心が浮き立つ。信じたいと強く思う。だがどうしてもチラつくのは蒔絵の小箱に隠された二つの手紙だった。

真実がどれだけ残酷なものでも、ブリジットには聞く権利と義務がある。ブレンダが残した手紙の内容が頭に浮かび、息が苦しくなった。いったい姉は何を思い、愁い、あれらを書き残したのか。そしてローレンスは何故、姉の言葉を地中に埋め葬り去ったのか。

尊敬し目標であった姉と、淡い恋情から眼を逸らすことでしか傍にいられなかった初恋の人。どちらかが嘘を吐いている。どちらを信じるのかはブリジット次第だ。真相を知るのはローレンスただ一人で、今後も彼が明かさなければ全ては闇の中だった。

――だったら、信じたい方を選べばいい。

囁く声に頷きそうになり、ブリジットは首を左右に振る。

この先に悲劇しかないとしても、自分を騙すのはもう限界だった。偽りの上に幸せを築くのは終わりにしたい。呪いの力を振り切って、今度こそ己の意志で選び取る。

「……ローレンス様を信じたい。だから証拠をください」

「証拠？」

「この指輪を、外してください」

ブリジットが口にした瞬間、彼は大仰に身を強張らせた。見開いた瞳が動揺に揺れている。開閉する唇は僅かに震えていた。

「それは……」

「私に信じろとおっしゃるなら、貴方も誠意を見せてください」

もしかしたら指輪の影響力がなくなれば、今ブリジットの中にあるものは消えてしまうのかもしれない。以前のように憎悪に囚われて、鬱々とした日々を過ごすようになる可能性もあった。

　このまま流れに身を任せていれば、幸せな恋の中に浸っていられる。偽りであったとしても、穏やかな愛情に包まれた毎日は、幸福であると自信を持って言えた。本音では手放したくない。だが、ブリジットにとってブレンダのことは、何も見なかったことにして捨て去るにはあまりにも大きすぎた。

　何もかも元の形に戻してから、初めて前に進める気がする。不可思議な力の影響に左右されず、己の意志だけで真実を見据えたかった。

　ブリジットを抱くローレンスの腕が、小刻みに震えている。彼の葛藤を示すように強い力が込められていた。

　たぶんそれは間違いではない。

　欲求のまま抱き潰したいのを、ギリギリの理性で耐えているのだ。ブリジットを尊重しようとしてくれているから。

　――私の命を犠牲にしてでも、己の願望を押し通そうとしていたのに……

　とても不安定で、危うい人。

　ブリジットに見せてくれていた優しさも聡明さも、そして狂気も全て、ローレンスの一部なのだ。どちらも本物で、彼自身。複雑すぎて困惑するが、愛おしさも感じられた。この気持ちが真実自分のものだと、ブリジット自身も確かめたい。失いたくない。人を愛する尊い感情を。

紫の瞳に、ブリジットの顔が映っていた。自分を見返すブリジットの表情は、不安を滲ませながらもどこかすっきりとしている。一度大きく感情を爆発させたおかげで今は心が凪いでおり、ブレンダを喪った日から初めて、己を取り戻しつつあるのを感じていた。

いや、ひょっとしたらもっと昔、『変わり者』だった頃に戻ろうとしているのかもしれない。我が強く、それでも生命力に満ち溢れていた子供時代に。

もうずっと忘れていたけれど、ブリジットはいくら人に言われても、自分が納得しなければ先へは進めない性格だった。『危ないから』と諭されるより、自ら痛い目に遭ってみてからでないと学習できない性質だったのだ。

たぶん、それは今も変わらない。

自分で失敗し、傷だらけになって立ち上がった時こそ、これまで見えなかったものにも気づくことができるのかもしれない。ローレンスへの想いも。ブレンダの気持ちも。

「この指輪が全ての始まりならば、外してください。そこから、もう一度考えましょう。」私たちが憎み合うのか、それとも愛し合うのか、

「ブリジット……」

静寂が落ちる。

彼にしてみれば、上手くごまかして現状を維持することは可能だ。今ブリジットの意識

は安定しているけれど、おそらくこれは一時的なもの。またすぐに感情を支配され、記憶は曖昧になってゆくだろう。心を書き換えられて、甘い毒に浸される。

そして次第に本心との乖離《かいり》が進んで衰弱し、いずれは悲劇的な最期を迎えるのかもしれない。これまでアンカーソンの男たちに愛され妻となり、人生と感情を奪われた女性たちのように。

どちらを選ぶかはローレンス次第の、ブリジットに分が悪い賭けだ。

それでも、信じたいと思った。自分が愛した人の良心に、この言葉が届くことを祈っている。

「……私に、ちゃんと貴方を愛させてください」

「……っ」

「――邪魔をして申し訳ないが、そろそろ日が暮れる。使用人たちも何事かと心配しているから、下に降りてきなさい」

申し訳なさそうにかけられた義父の声に、二人揃って飛び上がりそうになった。慌ててそちらを見れば、屋根裏から階下に降りる階段で、顔だけ覗かせた義父が視線を逸らしたまま手招きしている。

ブリジットとローレンスは抱き合って床に転がったまま。それも今はブリジットが彼にのっている状態で、傍から見れば押し倒しているように解釈できなくもなかった。

「……っ！　あの、これは」

「いや、細かい事情は問わない。こうなったのも私に責任がある。だから君たちの話し合いが終了するまでここで待っていようと思ったのだが、いくら経っても終わりそうにないし、これ以上待つと余計に声をかけられなくなりそうだったから……──ブリジット、申し訳ない。軽はずみなことを口にするべきではなかった」

大慌てで起き上がったブリジットは、真摯な態度で頭を下げる義父に面食らった。急いで居住まいを正し、義父に向き直る。

「いいえ……言いづらいことを明かしてくださり、ありがとうございます……」

「療養し、気持ちの整理がつくにつれ、君に妻と同じ道を辿らせるのは忍びないと思うようになった。──溌剌《はつらつ》としていた妻が萎れてゆく様を息子も見るのかと思うと……」

義父にとって、妻であるエレインの最期を語るのは、辛いことだろう。ブリジットは若くして亡くなった義母の死因を詳しく知らない。けれど持病があったとか大怪我を負ったという話も聞いたことがないので、衰弱というのはあながち間違っていないのかもしれない。

それでも、二人は本当に仲睦まじい夫婦だった。どんな事実が隠されていたにしろ、彼らの間にあった愛情が全て偽物だったとは思えない。思いたくなかった。

「──では私は失礼する。突然押しかけて申し訳なかった。後日、改めてお邪魔するよ。

話はその時に。今日はもう……私が口出しする必要はなさそうだ」

「お、お身体が心配なので、お送りします」

「いや、遠慮しておこう。これでも父親なので、我が息子がどれほど嫉妬深いか知っているつもりだ」

そう断られて背後を見れば、いかにも機嫌が悪そうなローレンスが立っていた。

「……父上。突然いらっしゃって、引っ掻き回した挙句にそのままお帰りになるんですね」

「では何日か滞在してもいいのか？」

すぐさま父親に切り返され、ローレンスは不機嫌そうに押し黙った。ブリジットからすると、いつも大人の余裕を漂わせている彼が軽くあしらわれる様を見るのは、とても新鮮だ。まるで子供のように拗ねている姿も珍しい。

思わずじっとローレンスを見つめてしまうと、彼は視線で咎めてきた。ただし耳が真っ赤に染まっている。

――こんな一面があったのね……

これまでいかに自分がローレンスの表層しか見ていなかったのか、改めて実感した。

もっと彼のことを知りたい。知らなければならない。そうでなければ真実を見極められないから。

アンカーソン伯爵邸に向かう義父を見送って、二人は夫婦の寝室に落ち着いた。既に慣れたはずの二人きりの沈黙が、今日は重苦しい。彼が何かを考えこんでいることは充分伝わってくる。ならばローレンスの答えを待とうと思った。結論が出るまでは寝室を別にしてほしいと願い出ると、あっさり頷かれ、ブリジットは拍子抜けしてしまう。

それどころか「しばらくレミントンのご両親のもとへ行ってはどうか」と提案され、ひどく驚いた。

「え……？」

「すまない。すぐには答えが出せない。考える時間が欲しい。今の僕たちには、距離が必要だろう？」

傍にいれば冷静になれないから。呪いの力に縛られて、お互い判断力を鈍らせてしまう。恋の魔力に操られ、手を取り合って破滅の道を進む未来しかなかった。

それが重々分かっているからこその、別居の申し出。

だがそこまで望んでいなかったブリジットは、激しく動揺した。自分から切り出したことではあるけれど、心のどこかで彼はどこまでも自分を追って来てくれると自惚れていたらしい。逃がさないと言われることを待っていたのだと悟り、恥ずかしくなる。

――ああ、だからこそ私たちは離れるべきなのね……

ブリジットがローレンスと会わずにいることも、彼が指輪から距離を取ることも、必要なのだ。これからのために。

「分かりました。お心が決まったら……迎えに来てください」

夫婦でいられるのは、その日が最後になるかもしれない。二人の未来がどこに進むのかブリジットにはまだ分からなかった。

このまま揃って溺れてゆくのか、憎しみを滾らせ他人になるのか、それとも心から慈しみ合える夫婦になれるのか。どれになってもおかしくない。厄介なのは、共に生きることが幸せとも言い切れないことだ。

この恋は複雑すぎる。かと言って縺れた糸を断ち切ることもできない。二人だけの問題ではなく、ブレンダのことがあるからだ。

「……でもこれだけは忘れないでくれ。僕は本当に君を愛している。間違った方法でしか繋ぎ止められなかったけれど、この気持ちは絶対に嘘じゃない」

「ローレンス様……」

今日の選択を、いつか悔やむ日が来るのだろうか。それでも、選んだ自分に恥じる気持ちは一切ない。

だからブリジットは、想いをのせてキスをした。背の高い彼に合わせて伸び上がり、たどたどしく唇を押しつける。自分からしたのは初めてなので覚束なかったかもしれない。触れ合うだけの口づけは甘く、そしてとても寂しい味がした。

ブリジットがレミントンの屋敷に里帰りすると、両親は大喜びで歓迎してくれた。社交界でも娘と婿の仲睦まじさは噂になっており、まさか無期限の別居だとは微塵も想像していないらしい。ブリジットは説明するのが躊躇われ、曖昧に濁した。

「まだいつまでとははっきり決めていないけれど、よろしくお願いいたします」

「まぁまぁ、すっかり大人っぽくなって！　流石のブリジットも、結婚して落ち着いたのね」

「疲れただろう。久しぶりの我が家だ、ゆっくりするといい。お前の部屋はそのままにしてある」

二人とも結婚を急かした割には、寂しさを感じていたようだ。期待していた姉は亡くなり、間を置かず妹を手放す形になったのだから、当然かもしれない。いそいそと世話を焼いてくれて、深く事情を聞いてこないことにホッと息を吐いた。

「ありがとうございます。少し部屋で休んでもいいでしょうか？」

「おお、勿論だ。ここはお前の実家なのだから」

両親から自分はあまり関心を持たれていないのではないかと思った時期もあったけれど、こうしていると愛されているのだという実感が湧いてくる。それだけで気持ちが安定し、ブリジットは帰ってきて良かったと思えた。

ここでなら、自分を見つめ直すことができる。ローレンスが答えを出す、その日まで。

そうして両親の言葉に甘え、滞在すること早一週間。

ローレンスからの手紙は毎日届いていた。内容は当たり障りのない近況伺いだ。ブリジットにだけ分かる字の乱れで、彼も迷っていることが伝わってきた。そしてブリジットも。心は毎日くるくる変わる。

全て許せると感じた次の瞬間には迷い、かと思えば悲しくて涙が止まらなくなった。ただ決まって、一日の終わりにはローレンスが恋しくて堪らなくなる。

レミントンの屋敷にいる間、ブリジットはほとんどの時間をブレンダの部屋で過ごしていた。今日も昼食後、いつものように足を運び、ぼんやりと時間を浪費している。

——お姉様……私を恨んでいますか？

もしもブレンダが書き残した手紙が真実なら、せっかくの忠告を無視し更には憎むべき相手と結婚した妹に呆れているだろうか。失望し嘆いているかもしれない。きっと昔のようには笑ってくれないだろう。

でも、とブリジットは唇を噛む。

以前の自分なら、姉を疑う気持ちは微塵もなかった。完全に信頼し、彼女の言うことは全て正しいと無条件に信じていたからだ。けれど本当にそうだろうか？

ローレンスとの結婚生活で、彼が昔と変わらないこと、そして本当にブリジットを想ってくれていることが伝わってきた。歪んだものを抱えつつも、誠実で優しい人のままだった。

そんな人がブレンダの想いを利用して弄び、軽々しく捨てたりするだろうか。幼馴染であり、好きだと認識している相手の家族を貶め、得になることはないと思う。むしろ不利益しかない。

もし遊びたいのなら他に相手はいくらだっているし、秘密を守ってくれる場所だってあるはずだ。ローレンスがそれを知らないとは、到底思えなかった。

どうしてもブリジットの中で、不誠実な彼の姿が思い浮かばない。ローレンスと一緒に生活したからこそ、余計に疑念が首をもたげてくる。しかし、だとすると姉は何故死を選んだのか。しかもあんな手紙まで残して。

考えても分からないことだらけだ。疲労感を覚え、ブリジットはブレンダのベッドに腰かけた。

姉がいない今、真実を語れるのはローレンスだけ。だがブリジットの中で答えの大半は既に出ている。

自分はローレンスを信じたいのだ。そして姉も裏切りたくない。どちらも選べず、立ち竦んでいる臆病者。

「——私が誰を信じるか、それ次第なのに……」

それ故に、指輪の存在が重くのしかかった。これさえなければ、ブリジットは心の赴くまま選択することができたけれど、今は完全に迷路の中だ。進む方向さえ見失っている。

だが一つだけ、ずっと揺るがない気持ちもあった。

「……会いたい」

僅か一週間離れただけで、こんなにも恋しい。義父が訪ねてきた夜、結婚以来初めて別々に眠った。朝、顔を合わせておらず、声も聞いていない。

たったそれだけのことがこんなにも苦しいとは。これが指輪の呪いの効果なら、腹立たしいほどの効き目だ。しかしこの胸の痛みが作られたものだとはとても思えなかった。

姉のベッドに腰かけたまま、ぐるりと室内を見渡す。ブレンダの趣味の良さが一目で分かる、落ち着きのある空間。よく二人でお喋りしたことを思い出しながら、ブリジットはキャビネットに並べられた小物に視線を移動した。

そこには、姉のお気に入りの品々が置かれている。

陶器の人形、装飾が見事な額に収められた家族の肖像画、磨き上げられたガラスの置物。どれも一流の品々ばかり。ブリジットは芸術に疎いけれど、ブレンダが選ぶのはどれも素晴らしいと思っていた。

その中に、あるべきものが見当たらない。

以前は真ん中に飾られていたと記憶している。確か、そう。姉と最後にこの部屋で会話した時に、『あれ』は一番目立つ場所に置かれていたはずだ。

それなのに、他の棚やクローゼットの上を見ても探しているものは見当たらなかった。

「え……？」

今日まで全く気がつかなかった。余計なものが増えたのならすぐに分かっただろうが、なくなったことにはなかなか気がつきにくいものだ。

使用人や両親が勝手に片付けたとは考えにくい。レミントンで働いているのは、長年仕えてくれていて、信頼できる者たちばかりだ。父と母だって、極力姉の部屋を生前の状態に維持しようとしていた。

だとすれば、答えは一つ。

ブレンダ自身がどこかへ片付けた——または隠したことになる。それも、ブリジットと部屋で話をした後、己の身にナイフを突き立てるまでの短い間に。

「どうして……？」

蒔絵の小箱。姉がブリジットの誕生日に取り寄せてくれた、宝物。あれは対になっており、片方はブレンダ自身が所有していた。そして自分が持つ方は、姉の最期の手紙が忍ばされていたものでもある。

そんな重要なものを、どこかにやるなど考えられるだろうか？

姉の小箱の内側に収められた箱の一つは、地中から拾い上げブリジットが持っている。しかし外箱はこの部屋に残されていないとおかしい。

「……！」

勢いよく立ち上がったブリジットは懸命に部屋の中を探した。姉の死後も掃除はされているから、すぐ見つかる場所にはないかもしれない。あちこちの引き出しを開け、奥を覗き込む。見つからなくて、夢中でクローゼットに頭を突っ込んでドレスを掻き分けると、天板付近に棚があることに気がついた。

下からでは分かりにくいが、同色の板が渡されている。普通の女性の目線では、死角になる高さだ。後付けで作られた広くはない隙間に、蒔絵の小箱は隠されていた。

「どうしてこんなところに……」

少し埃を被っているのは、ブレンダの死後放置されていたからだろう。たぶんブリジットが見つけない限り、何年も、何十年でもここにあったはずだ。

椅子の上に立ってそれを発見したブリジットは、両手で慎重に箱を取り出した。すると、中で紙の動く気配がする。覚えのある音に、思わず息を呑んだ。

おそらくこの中に、姉の秘密が収められている。ブリジットに託された最初の手紙は、見つけてもらおうとしていたものだった。ブリジットであれば、いつかは必ずあの小箱を手に取っていただろうから。しかも自分に宛てられたものだったのは、間違いない。ではこちらは？

誰が手にしてもおかしくないし、誰にも見つけられなくてもおかしくなかった。つまりはどちらでもいいと彼女は考えていたのか。一生埋もれたまま、人の眼に触れず朽ちても構わないと。

震える手で蓋を取り、ブリジットは箱の中を覗き込んだ。中の小箱が一つ欠けている。残された小箱の中には、案の定小さくたたまれた紙が一枚だけ入っていた。ブレンダが愛用していた懐かしい香りが鼻腔を擽り、開く前から紛れもなく姉のものだと確信する。

「お姉様……」

これこそが彼女の残した本当に最期の伝言。何故かはっきりとそう思う。ブリジットはそっと紙片を取り出した。

――読むのが怖い。

探し求めていた答えがあるはずなのに、躊躇する気持ちが拭えない。これを読めば、全ての疑問の答えが明らかになる予感があった。ずっと抱いていた違和感も謎も、全部解かれるに違いない。今すぐ開くべきだと思うのに、ブリジットの指はどうしても動いてくれなかった。

――もし、私の望む答えじゃなかったら……？　今より残酷な真実が書き記されていたら、それでも私は後悔がないと言える？

知らない方が幸せなことなんて、この世に腐るほどある。忘れてしまいたいと願うことは、きっともっと多い。真相が、必ずしも清く正しいものだとは限らないからだ。

ブリジットの迷う指先は何度も紙の端を摘まみ、その度に慌てて離れた。

一週間前は強気で求めたものが、いざ眼の前にあると思うとどうしたって臆病になる。大切な人たちの姿が次々と浮かび、最後に残ったのはローレンスが別れる直前に漏らした、血を吐くような告白だった。

『……でもこれだけは忘れないでくれ。僕は本当に君を愛している。間違った方法でしか繋ぎ止められなかったけれど、この気持ちは絶対に嘘じゃない』

――私も貴方を愛している。紛い物なんかじゃない。作られたものなどではなく、ちゃんと私の内側から生まれ出るものだと信じたい。

これからも共に生きることが許されるなら、できる限り長く一緒に過ごし、添い遂げたかった。短い時間だけしか傍にいられないなんて嫌だ。強制ではなく自らの望みで、ローレンスの隣にいることを選びたかった。

覚悟を決めたブリジットが、手紙を開こうとした時。

「ブリジット、どこにいるの？　ローレンス様がいらっしゃいましたよ」

部屋の外から母に声をかけられ、慌てて紙片を服のポケットにしまいこんだ。何が書かれているにしろ、両親には見せるべきではないと思ったからだ。

「す、すぐに参ります」

「あら、貴女ったらまたブレンダの部屋にいたのね」

仕方のない子ね、と笑う母の笑顔は、以前のような穏やかさを取り戻していた。やっと落ち着いてきた両親に負担はかけたくない。

何もなかった振りをして、ブリジットは応接間に向かった。そこには、一週間前より少しだけやつれたローレンスが待っていた。

「……来るのが遅くなって、すまなかった」

何らかの答えを出した彼が、迎えに来たのだ。ブリジットはどんな内容でもローレンスが出した結論に従うつもりで微笑んだ。

「帰ろう。僕らの家に。話したいことが沢山ある」

「……はい。私も、貴方と沢山話したい」

もともと荷物は少なかったので、準備はすぐに終わった。父と母に挨拶し、二人揃って帰路につく。別邸まではさほど距離はなく、馬車で移動すればたいした時間はかからない。だが彼はブリジットの荷物だけ馬車で運ばせ、馬に乗って帰ろうと提案してきた。

「でも……」

「久しぶりに乗馬も楽しいと思う。義父上には僕から言っておくよ」

ブリジットは昔から馬に乗るのが好きだったが、両親は女がすることではないと、いい顔をしてくれなかった。そんな時いつも手を差し伸べてくれたのがローレンスだ。

彼はブリジットを前に乗せ、風を切る楽しさを教えてくれた。あのワクワクする気持ちを思い出し、思わず頷いてしまう。あの頃のブリジットにとって、ローレンスと一緒の時にだけ許された最高の贅沢が乗馬だったのだ。

「最後に君を乗せて走ったのは、君が十二歳の時だったかな」

「そうですね……確かその頃です」

そして姉のブレンダはその頃十四歳になっていた。急激に大人びて少女から女性に変わり始め、はっきりと彼への恋情を表し始めていた。だから、姉の邪魔をしたくなくて、ブリジットはローレンスを避けるようになったのだ。

おしとやかな姉は馬に興味を示さなかったけれど、どうせ乗馬に誘うなら自分ではなくブレンダにしてくれと言ってローレンスからの誘いを断ったこともある。

あれから六年振りに馬に跨がったブリジットは、その高さに慄くと同時に感動した。馬の体温や逞しさが感じられ、ドキドキと胸が高鳴ってくる。背中に密着する彼の体温も相まって、急激に頬が上気していった。

懐かしい。そしてあの頃とは決定的に変わってしまった。自分たちは大人になって、男女の区別もなく三人仲良く遊んでいられた時には戻れないのだと痛感する。

「――じゃあ行こう」

わざと遠回りする二人だけの帰り道。会話はなく振動に身を任せた。心を満たすのはごまかせない愛おしさ。もしかしたら最後になるかもしれない夫婦の時間を、ブリジットはそっと堪能した。

「……寄り道をしてもいいかな？」

「……はい」

進む方向からして、既に気がついていた。この先にあるのは、子供の頃よく三人で遊んだ森だ。そしてローレンスがブレンダの小箱を埋めていた場所。

昼間眼にするのは、何年振りだろう。過ぎた年月の間に木々は大きく育っていたが、記憶と変わらない景色が開けて、ブリジットは小さく声を漏らした。

「……懐かしい……」

「ブリジット、手を」

先に馬から下りたローレンスが手を差し伸べてくれ、ブリジットは助けてもらい、馬を下りる。

改めて周囲に視線を走らせかけた時、左手薬指に開放感を覚えた。

「え……？」

もはやそこにあることが当たり前になっていたものがない。ただほっそりとした自分の指が見えるだけ。突如重みと圧迫感を失った指の付け根が、空虚に感じられた。

「指輪が……っ」

「ブリジット。君を愛している。だからこそ、どんな手を使っても繋ぎ止めたかった。誰かに奪われるくらいなら、偽りの愛でもいい。縛りつけ閉じこめることも厭わない。けれど君を死なせたいわけではなかったんだ……」

彼の掌に、紫色の石が嵌まった金の指輪がある。ブリジットは幾度もローレンスの顔と手元に視線を往復させた。

呪いの効果は、指輪をしている者にしか及ばない。つまり枷を失った今の自分は、心を書き換えられることも、記憶を封じられることも、もうないのだ。今抱いている感情は、真実ブリジットだけのもの。この溢れ出る想いの名前は――

「これが、僕が示せる最大限の愛情と証拠だ。誰よりもブリジットを愛しているから、君を解放する」

「お姉様のことは……？」

「ブレンダが僕に好意を持ってくれていたことは知っている。だが、以前も言ったように僕らの間には何もなかった。――彼女が亡くなる前、『君に結婚を申し込むことはない』と告げたことがブレンダの死の引き金になったのなら、僕は大人しく罰を受ける。ただし、神や他人からの罰ではない。君だけが、僕を裁く権利を持っている」

「小箱を……ここに埋めていたでしょう……？」

ブレンダが想いを綴った手紙と共に。なかったことにして捨てたはずだ。

震える声でブリジットが問い質せば、ローレンスは「知っていたのか」と眼を見開いた。

「確かに、彼女は自分の気持ちだと言ってあれをくれた。でも僕には受け取ることはできなかった。何度も断って――最後は屋敷に送られてきたんだよ。届いたのは、ブレンダの亡くなった翌日だった……僕にはあれを手元に置いておく覚悟も勇気もなかった。かと言って燃やすのも忍びないし、なかったことにするのは、彼女への冒瀆だ。せめて、思い出が残るここに埋葬することしか、思いつかなかった……」

茨の蔦のように絡みついていた鎖が、ブリジットの心から剝がれ落ちる。次第に鮮明になってゆく頭の中。忘れていたものが一つ二つと戻ってくる。曇っていた現実がはっきりと像を結んだ。

「あ……あ……」

「――憎んでいい。むしろそうしてくれ。君の中でどうでもいい存在になるよりも、憎悪であってもブリジットの特別でありたい」

――『盗らないでね』

今まさに耳元で囁かれたかと思うほど、かつての記憶がふいによみがえった。過去の情景が、奔流となってブリジットの中で暴れ狂う。引き摺られるようにして別の出来事も掘り起こされた。

──『ローレンス様は私のものよ。おかしな子のブリジットには相応しくないの。だから、私たちの仲に割って入らないで』

いつも優美に微笑んでいる姉が、苦々しく顔を歪めこちらを睨みつけた。それは生々しい女の嫉妬。届かぬ想いに余裕をなくした、牽制だった。

まだ恋が如何なるものか明確に理解していなかったブリジットは、突然の姉の変わりように慄き、ただ頷くことしかできなかった。怖くて悲しくて、他にどうすればいいのか想像もつかなかったのだ。

脅しをかけた気まずさをブレンダも感じていたのか、半泣きになった妹を前にして彼女は取り繕った笑みを浮かべた。

普段とは違うものに、子供は敏感だ。歪んだ微笑みは、幼子の心に傷を刻む。ビクリと背を強張らせたブリジットに、姉は顔を近づけて囁いてきた。

──『私がこんなことを言ったのは、絶対に秘密よ？　忘れなさい、ブリジット。いいわね？　邪魔をする貴女が悪いんだから、言いつけを守らないと、私もお父様たちも貴女を嫌いになってしまうわよ？』

震えながらブリジットが分かりましたと答えれば、ブレンダは満足げに頭を撫でてくれた。『いい子ね』と褒め、いつも通りの優しく聡明で、尊敬すべき姉に戻ってくれたのだ。

だから、ブリジットは言われるがままそのやりとりを全て忘れた。ローレンスへの淡い想いを断ち切って、なかったことにしたのだ。

「……お姉様……」

姉が持っていた醜い一面。人はいくつもの顔を持っている。別にブレンダが卑怯だったわけではなく、恋に囚われた彼女なりに一生懸命だっただけだ。恋愛は、時に人を狂わせる。いくら聡明で誇り高い人物でも、利己的で視野が狭い人間になってしまうことがあり得るのだ。

ローレンスも、ブリジットも同じ。

そして自分にとってブレンダの命令は、忘れてしまった方が楽だったから、これまで忘却の彼方に追いやっていたのだろう。

よみがえった記憶に、眩暈がする。信じていた世界の一部が、崩れた瞬間だった。

「泣かないで、ブリジット。君に泣かれることが、僕は一番辛い」

優しく頬を拭われる感触で、ブリジットは我に返った。眼前にはローレンス。何ものにも影響を受けない心で彼を見つめ、湧き上がったのは――紛れもない愛しさだった。

この人を、愛している。

溢れる涙はいくら拭われても止まらなかった。後から後からこぼれ落ち、顎を伝って滴り落ちる。それを彼は飽くことなく指で掬ってくれた。そして追いつかないと思ったのか、迷いつつ唇で吸い取る。

柔らかな感触を受け、ブリジットは眼を閉じた。

——お姉様、ごめんなさい……でもこの人だけは貴女に譲れない……

仮に、ローレンスが嘘を吐いていたとしても。誰を信じるのか、心は決まっていた。

瞼を押し上げたブリジットは、ポケットに忍ばせていた紙片を取り出す。それは、ブレンダの部屋で先ほど見つけたものだ。こちらの一挙手一投足を見逃すまいとする彼の前で、ゆっくり手紙を開く。

中に綴られた文章は短い。先に見つけていた二通の手紙と同じ。ただあれよりもずっと乱れた字で書きなぐられていた。

——『貴女が今これを読んでいるのなら、ブリジット、貴女の勝ちよ。見つけられなかったのなら、ローレンス様は私のもの。私の嘘が原因で永遠に彼を憎んで拒絶すればいい』

悪意が形になったようだと思った。込められた怨嗟はきっと、あの指輪と大差がない。きっとこうして呪いは受け継がれてゆくのだ。

「ブリジット、それは……？」

「駄目です、ローレンス様。お願いします、どうか見ないでください……それがお姉様に私たちができる唯一のことだから……」

こんな姿を、ブレンダが彼に知られたいはずはない。いつだって毅然とし、美しかった彼女の印象を守りたかった。最後の記憶がたった一枚の紙で塗り替えられてしまうなんてあんまりだ。ローレンスにとって姉は叶わぬ恋に身を焦がし、早逝してしまった哀れな幼馴染。それでいい。

彼の中で、ブレンダはいつまでも綺麗な思い出であってほしかった。

声を押し殺して泣くブリジットの肩を、ローレンスが抱いてくれる。何かを察したらしい彼は、それ以上手紙に興味を示さなかった。ただ大きな手で何度も背中を摩り、こちらが泣き止むのを根気強く待ってくれる。

聞きたいことが沢山あるだろうに、ブリジットが落ち着くまで何も問わずにいてくれる気遣いが嬉しい。この人は我慢強く、心の大きな優しい人だったと、ようやく思い出した。そんな彼に、呪いの指輪をブリジットに無理やり嵌めるという愚行を犯させたのは、頑なすぎたブリジットの態度のせいだ。

もっとちゃんと話を聞くべきだったのに。心の底ではおかしいと思っていたが、眼を曇らせ責任を転嫁してしまった。

ブレンダが苦悩していたことに全く気づかなかった自分の罪から逃げ、誰かに原因を押しつけたかったからだ。いくら謝っても足りはしない。

「……ローレンス様を疑って、ごめんなさい……ひどいことを色々言って……」

瞬きで涙を振り払い、しっかりと彼を見つめる。もう迷わない。どこかで姉が歯噛みしながらブリジットを呪っているかもしれない。それでも。

「私は、貴方を愛しています」

本当に、心から。

操られず初めて口にすることができた本心。震えておかしな声になってしまったかもしれない。けれどローレンスには伝わったらしく、彼は両眼を見開いた後、力強く抱きしめてくれた。

「……本当に？　ブリジット」

「はい。やっと……言えた気がします」

今初めて、真実抱き合えている気がした。心が重なり合って、一つになれている心地がする。もっとローレンスを感じたくて、ブリジットも彼の背中に手を回した。

どちらからともなくキスを交わし、息を弾ませて舌を絡ませ合う。溢れる愛しさに全身が包まれて、この上なく甘美な幸せを感じた。

大好きな人の腕の中で、同じ想いを返されている。これが奇跡でなく何なのだろう。

背伸びしたブリジットが夢中でキスに応えていると、突然横抱きにされた。高くなった目線に驚き彼にしがみつけば、色香を滴らせたローレンスが熱い眼差しでこちらを見下ろしてくる。

「……嫌なら、拒んでくれ」

「……嫌では、ありません……」

二人とも切羽詰まった衝動のまま、淫靡な口づけを交わした。互いに服を脱がし合い、露になった肌に唇を押しつける。大胆に晒した胸元に吸いつかれ、ブリジットは背を仰け反らせた。

まだ昼間の屋外で、大木を背にして卑猥な遊戯に耽っている。淑女なら、絶対にあり得ない淫らなことだ。いくらブリジットだって普段なら断固断っただろう。だが今は、理性など脆くも崩れ去っていた。

そんな役に立たないものを守るより、一刻も早く彼と繋がりたい。離れていた一週間の寂しさが押し寄せ、飢えとなってブリジットを開放的に変えた。ようやく心が届いた今、身体も隙間なく重ねたい。愛しい人と一つになって、混じり合いたかった。

「ローレンス様っ……」

色づいた胸の頂をしゃぶられ、掻痒感と快感が湧き上がる。明るい日差しの下、白い乳房が揺れるのは眼を疑うほど淫猥だった。舐められ唾液に塗れたせいで、余計に外気の動きに敏感になる。風の動きにさえ快感を拾ってしまい、ブリジットは声を噛み殺した。

「ぁッ……」

「もっとブリジットの声を聞かせてくれ。この一週間、死ぬほど君が不足していた。このまま二度と触れられないのかと思うと、頭がおかしくなりそうだった……」

自分だけでなく、彼も寂しいと感じてくれていたことが嬉しい。同じだけ飢えてくれていたのだと思うと、一層心が潤んだ。ブリジットはもっと密着したくなり、ローレンスの頭を掻き抱く。言葉より雄弁な眼差しで渇望を告げた。

スカートをたくし上げられ、下着の上から敏感な場所に触れられる。既に蜜で濡れていることを知られ羞恥に赤らむブリジットを、彼はうっとりと見つめてきた。

「君も僕を求めてくれていた？」

「……いつ迎えに来てくれるのか、ずっと不安でした」

このままうやむやにされるならば、何も考えず呪いに侵食されたかったと願ったのは一度や二度じゃない。愚かな自分自身に呆れ失望し、その度に思考の迷路をさまよったのだ。

自分の恋心に自信が持てない日々は恐ろしく、不安定な足場に立っているようだった。今はしっかり大地を踏みしめている安心感がある。全身全霊でローレンスを愛していると宣言できた。

忙しなく服を寛げ、不自由な体勢で互いを求め合い、舌を絡ませたまま身をくねらせる。いつもは充分にブリジットを高めてから入ってくる彼が、今日は性急な仕草で花弁に屹立を擦りつけてきた。ぬちぬちと卑猥な水音がする。早くブリジットに包まれたいと懇願されている気がし、きゅんと胸が疼いた。

けれど求めていたのはブリジットも一緒だ。息を乱しながらもなかなか来てくれないローレンスに焦れてしまった。

「早く……」

それだけを口にするのが精一杯だったが、彼の情欲を煽ることには成功したらしい。艶めかしく喉を上下させたローレンスがブリジットの片脚を持ち上げて、背後の大木に寄りかからせる。そして、一息に貫いてきた。

「……は、ぅっ」

「すまない、ブリジット……苦しい？」

「いいえ……ローレンス様でいっぱいになって、嬉しい……」

下腹を撫でる仕草に、彼の瞳が劣情で揺れた。危険な色香を振りまいて、乱暴な手つきでクラバットを緩める。筋張った手と、薄い唇から覗かせた赤い舌。燃え盛る紫の双眸にブリジットの官能も高められていった。

「あまり煽らないでくれ。優しくできなくなる」

「優しく、なくていいです。私も貴方を感じたいから……」

これまで数えきれないほど身体を重ねてきたが、今ほど一体感を得られる時はなかった。初めて心から彼に抱かれていると思える。脆い心ごと包みこまれる感覚に、ブリジットは酔いしれていた。

まだローレンスを受け入れただけなのに、この上なく幸せだ。胎内に彼がいると実感すると、達してしまいそうになる。勝手に内壁がローレンスの昂りを食いしめ、もっと奥へと誘っていた。

「……ブリジット……そんなにされたら、堪らない……っ」

朱を刷いた彼の目尻が淫猥で、ブリジットはそこに指先を滑らせていた。いつだってこちらを翻弄するローレンスの余裕を剝ぎ取っているのが自分だと思うと興奮する。もっと夢中になってほしい。溺れてブリジットから離れられなくなってくれたらいい。

恋は人を愚かにする。どうしようもなく周りが見えなくなり、人を欲望に忠実な獣に変えてしまう。

けれどブリジットをとても強くもしてくれた。

本当は知りたくなかった姉の一面を直視できたのは、彼がいたからだ。許そうと思えたし、ブレンダの深い想いを知って尚、ローレンスを欲する己の強欲さも自覚した。

姉だってギリギリのところで戦っていたのだと思う。嫉妬と理性の狭間で必死に自分を保とうとしていた。

一通目の手紙が悪意の塊なら、二通目はブレンダの良心の結晶に他ならない。本当は何も残さないという選択肢もあったはず。ブリジットに疑心の種を植え付けるだけで、目的は達成できたのだから。

清廉潔白だと思っていた彼女の、裏の顔。命を懸けてでも、妹と恋しい人が結ばれるのを防ぎたかった醜い願望。けれど最後の最後で、純粋な愛情が勝ったのだと信じたい。二通目の手紙は、ブレンダからの遠回しな謝罪なのだとブリジットは思うことにした。

何を選び信じるかは、自分次第。ならば幸せになれる方を選択する。

「んんっ……」

隘路を埋め尽くす剛直に内壁を擦られ、ブリジットは全身を震わせた。片脚を持ち上げられているせいで不安定に身体が揺れ、いつもとは違う箇所が擦られる。立ったまま繋がるなど初めての体験のせいか、余計に快楽が高まっていった。

「はっ……」

ローレンスの吐き出した息が、熱い風となってブリジットの首筋を擽る。尻を鷲掴みにされて、甘い声が抑えられなかった。

「ぁあ……や、ん」

「いつもより濡れている。ブリジットはこういう趣向が好みだった？」

「お、おかしなことを言わないでくださいっ……」

揶揄する声に炙られて、余計に下腹へ力がこもった。葉擦れの音が聞こえ、木漏れ日が降り注ぐ。遠くで聞こえる鳥の声に改めてここが屋外だと思い至り、ブリジットの声が甘く掠れた。膝から力が抜けかけて、彼が支えてくれる。だがそれは、体内を深く抉られるのと同じことだった。

「んぁっ」

中途半端に脱がされた服が汗ばんだ肌に纏わりつき、ただでさえ不自由な動きを制限してくる。しかしそんなもどかしささえ喜悦の糧でしかなかった。

ブリジットは抱えられた脚をローレンスの腰に絡め、彼の首に縋りつく。情欲に蕩けた瞳で精一杯の誘惑を施した。

「……動いて」

「君はどこまで僕を虜にすれば気が済むんだ」

言うや否や、ローレンスが荒々しく突き上げてきた。つま先立ちになったブリジットは、激しい衝撃に一瞬身体が浮き上がる。晒した喉に噛みつかれ、直後に吸い上げられて赤い痕を刻まれた。

「アあッ……ゃ、あぅっ」

優しくしなくていいとは言ったが、あまりの荒々しさにあっという間に達してしまいそうになる。ブリジットの肉体は歓喜して彼を咀嚼し、涙と蜜を溢れさせた。

濡れた襞を硬いもので抉られ、ぐちゅぐちゅといやらしい音が掻き出される度、白い光が眼前に散る。漏れ出る嬌声は艶を帯び、どんどん大きくなっていった。

「ひ、ぁっ……あ、ぁんっ」

「ブリジット……愛している」

「あぁっ」

耳に直接吹きこまれる睦言に、愉悦が走った。ほとんど服を乱していないローレンスが動くと、胸の頂が布に擦られる。全てが敏感になったブリジットは、耳たぶに歯を立てられただけで四肢を痙攣させた。

「ん、ァアッ」

耳の穴に舌を捻じ込まれ、濡れた音が反響する。頭に添えられた彼の指が髪を梳く感触からさえ、快楽を拾ってしまった。

内側を捏ね回す剛直が何度もブリジットの最奥を叩き、半ば持ち上げられる形で突き上げられて、喜悦の波に呑みこまれる。頭を振って許しを乞えば、律動は激しさを増した。

「あ、っぁ、駄目っ……も、もう」

「もっと君の中にいたいのに、そんなに締めつけるなんてひどいな」

鼻の先に掠める口づけをされ、唇が寂しくなる。ブリジットが涙声でローレンスの名前を呼ぶと、深いキスを返された。上も下も交じわり合い、卑猥な水音が激しくなり、汗が球を結んで肌を滑り落ちてゆく。胸の谷間を流れた汗は、彼のシャツに吸い込まれていった。

「は、ぁうっ、ぁ、あ、やぁあっ……」

最奥に密着した楔をぐりぐりと動かされ、ブリジットの口の端から唾液が伝う。開きっ放しになった唇はもはや、淫らな喘ぎを発することしかできなかった。

「ひ、ぃあっ……あ、ぁ、いっちゃうっ……！」

「ああ、僕も……」

お互いに身体を揺らしながら快楽の階段を駆け上がった。ブリジットの内側を支配する剛直が質量を増す。ローレンスの息遣いが変わり、彼の限界も近いことを悟った。汗に塗れた肢体を絡ませ合い、淫猥なダンスを躍る。追い求めるのは共に得る恍惚。

ブリジットはローレンスのもので、彼は自分のものだった。

今ならブレンダの気持ちが理解できる。どうにもならないほど愛する人がいて、間違っていると分かっていても手を伸ばさずにはいられない心情が、痛いほど胸に迫った。きっとローレンスも、彼の父も、みんな同じだ。愚かしいまでに誰かたった一人を愛しただけ。

簡単に道を踏み外してしまうほど、この感情は甘美であまりにも罪深い。一度囚われてしまえば、逃れることは難しかった。

「好き……ローレンス様が好き」

「僕も愛している。ブリジット……っ」

だからこそ、これは奇跡。愛した人に愛される喜びで、もう他には何も考えられない。

ブリジットは背をしならせて体内の彼を喰いしめた。内壁が爛《ただ》れる熱に収縮する。高く鳴きながら絶頂に飛び、ローレンスの背に爪を立てた。

「あぁああっ」

「……っ、く」

腹の中で爆ぜた楔がビクビクと震えていた。彼の形が生々しく感じられるほど、ブリジットの隘路が屹立を舐めしゃぶる。最後の一滴まで逃すまいと蠕動していた。

注がれる子種が、子供を宿す場所を満たしてゆく。いつか近い将来、実を結ぶかもしれない。生まれる子は、アンカーソン家の呪いを引き継ぐのだろうか。

――いいえ。きっとそんなことにはならない。ローレンス様のように打ち勝つことができるはず。

最高の快楽に身を浸しながら、ブリジットは愛する人の腕の中、作り物ではない幸福を享受していた。

もう、指輪の力は必要ない。真実愛され満たされることを知った者が、道を誤るわけがなかった。次の世代にも、きっと繋いでいける。

見つめ合い、指を絡めて口づけた。何度交わしても飽きることのないキスは、いつだって楽園に連れていってくれる。

乱れた呼吸が整うまで、二人は抱き合ったまま離れようとは思わなかった。

エピローグ

　澄み渡った青空の下、ブリジットとローレンスはアンカーソン伯爵家の墓所に立っていた。広大な敷地の中で一番新しく刻まれた名前を指で辿る。いつものように赤い薔薇《ばら》が一輪、手向けられていた。

「父上がいらしたのか」

　そこに眠っているのはローレンスの母、エレインだ。いつ訪れても、花が絶えていることはない。

「毎日の日課だと、お義兄様がおっしゃっていましたもの」

　アンカーソン伯爵位を継いだ長兄は、実父が元気を取り戻したことを喜びつつも、一向に療養地へ戻る気配がないとぼやいていた。

　義父は今、かつての憔悴した姿が嘘のように生き生きとしている。

ブリジットは手にしていた花束を、薔薇の隣に供えた。

「早いですね……私たちが結婚してもう一年。叶うなら、お義母様に色々教えていただきたかったです」

生きていればきっと仲良くやれただろうと思い、とても残念だった。

今日は休暇を利用して、二人きりでゆっくりと過ごしている。ここに来る前にはレミントンの墓所にも寄った。勿論、ブレンダに花を手向けるために。たぶん姉は喜んでくれないだろう。それでもこれはブリジットが受け止めるべき痛みだと思っている。死者の気持ちは、誰にも分からない。想像するしかない生者は、せめて悼むことしかできないのだから。

「――――母は、父を憎んでいたのだろうか……」

「え？」

「あの二人は……父が見初めて半ば強引に母を妻に迎えたらしい……母には、当時別に恋人がいたという話を聞いたことがある」

吐き出されたローレンスの言葉に、ブリジットは瞳を揺らした。初めて聞く内容に、動揺を隠せない。数少ない記憶の中、彼の両親は寄り添い慈しみ合っていた印象しかないが、本心は違ったからこそ、エレインは衰弱し、早逝した可能性が高い。

「母はいつも優しく、僕たち兄弟を愛してくれていたけれど、それも偽りだったのかもしれない。ずっと、心の奥底では愛していない男の子供を疎んでいたのではないかという思いが、拭えないんだ……」

陰鬱に顔を曇らせたローレンスは、じっとエレインの眠る場所を見つめていた。過去を思い出し、惑っていることが伝わってくる。無条件に信じていた母親の姿が、紛い物だったかもしれない疑念に、怯えているのだろう。

その気持ちはよく分かる。ブリジットも同じだからだ。真実は人の数だけあって、傍らは全体像を摑むことが難しい。だが、一つだけ自信を持って言えることがあった。

それはあの指輪を嵌めていた者だからこそ、断言できること。今、ブリジットだけがエレインの気持ちを代弁できる存在だった。

「……確かにお義母様は苦しんでいたと思います。でも、幸せでなかったはずはありません。お義父様に心の底から愛されて家族を作り、大切にされていたんですもの……心が動かないわけがないんです。だって私は幸せでした。心を書き換えられても、ずっと幸福だったのは、嘘ではありません」

触れ合うだけ、姿を眼にするだけでも、愛おしさが溢れ至福の時を味わえた。ずっとそのままでいたいと願うほど、ローレンスに縛られていた期間は苦痛だけではなかったのだ。

エレインはもしかしたら正気に返る時があったのかもしれない。夫と長く離れる時があれば、呪いの力は僅かに弱まる。結婚生活を送る中で、何度かは本心を取り戻すことがあっても不思議はなかった。

けれど、彼女が義父のもとを離れようとしたという話は聞いたことがない。行き場がなかっただけなのかもしれないが、そこに自分の意志が欠片もなかったとは考えたくなかった。

おそらくエレインは、留まることを選択したのだと思う。

勝手な想像なのかもしれない。しかし、同じ境遇にあった者として、確信している部分もあった。

一人の女性に異常な執着を抱くアンカーソンの男たち。ローレンスとそっくりな義父に熱烈に愛され口説かれて、一度も心が揺らがなかったなんてあり得ない。エレインも戸惑いつつ、惹かれてゆくようになったと考える方が自然だ。

悲劇は、それを最後まで義父が信じられなかったこと。余計な呪具さえなければ、彼らは時間がかかっても、きちんと向き合えていたと思う。

言葉を選びつつブリジットがそう告げれば、ローレンスは眼を見開いて呆然としていた。そして数度瞬いて、緩やかに息を吐き出す。

「……やっぱり、君は僕にはとても思いつかない世界を示してくれる……ありがとう、ブリジット」

「そんな、お礼を言われるようなことはしていません」

ただ実体験に当て嵌めて考えただけだ。それも多分に願望が交じっている。

「それでも、僕は救われた。いくら思い悩んでも届かない答えなら、欲しい解答を受け入れようと思う」

「ローレンス様」

彼に手を取られ、ブリジットは微笑んだ。

随分回り道をしてしまったけれど、やっと望む道に辿り着いた気がする。いや、これからは二人揃って、一緒に歩んでゆく。奇跡を手に入れた幸福を、噛み締めて。

「帰ろう、ブリジット。僕らの家に」

「はい。戻ったら、お茶にしましょう」

何気ない幸せな日常を積み上げるために。

指輪は今、アンカーソン家の墓所に埋葬されている。かつて引き裂かれた恋人たちを弔うために。

あとがき

こんにちは。山野辺《やまのべ》りりと申します。

私はお話を考える時、何か制約がある方が楽しくて好きなのですが、今回は正直途中で『やっちまったな……』と思いました。

最初はね、ウキウキで書き始めたんですよ。

でもふと『あれこれ、どうやって相思相愛に持っていくの？』と気がついてしまいました。

何故なら、恋愛ものなのに主人公の気持ち自体が紛い物！　色んな障害があるのは乗り越えられますよ？　登場人物の努力によって、どんな荒波も乗り越えていけます。

でも待って。それって愛があればこそなわけです。

だがしかし。

今回は、根幹たる恋愛感情が偽物！　本心では憎しみさえある！　しかも記憶を曖昧にされている！

それでどうやって本物の愛情に昇華できるというのか。

いやいや、無理だわ～いくら何でもそんな力業《ちからわざ》持ってないわ～

魂が抜けかけた私は、思い出しました。

そう。自分はプロット（あらすじ）というものを作ったはず。そして担当様にチェックをしてもらい、ＯＫをいただいたはずなのです。

つまりはそこに、全ての展開が書かれている！

根が忘れっぽい私はいそいそとプロットを見返しました。『心配して損したな～すっかり失念していたけど、ちゃんと考えたはずだもんね！』と笑みさえ浮かべておりました。

ええ、勿論。プロットにはちゃんと書いてありましたよ。

要約すると、『色々あったけれど気持ちを伝え合う二人』と。

その色々が知りたかったんじゃ！　駄目じゃん！　肝心なことが書いていない！

こんなプロット通したらいけませんって、担当様！　（責任転嫁）

打ちのめされました……かくして私は、いまだかつてなく七転八倒することになりました。

それもこれも自分が悪いんですけど……

というわけで、今回は『主人公が呪いの指輪によって感情を操られ、姉の想い人に囚われてゆく』お話です。

これだけ聞くと、えらい酷い話ですね……実際には純愛なんですけど……どこで間違ったんだ……いやいや、読んでくだされば皆さんも純愛だと納得してくださるはず！

事情があって彼を愛したくない主人公と、手段を選ばず主人公を手に入れようとする男との、純粋ゆえの拗《こじ》れた恋愛話です。

先にあとがきを読まれる方もいるのでネタバレは避けますけれど、代々継承されてゆく呪いによって、これまで多くの人生が狂わされてきました。

本文中には詳細に書いておりませんが、ヒーローの若くして亡くなった母親もその一人です。彼女の真実はもう、誰にも分かりません。

お読みになった方が見つけた答えがきっと正しいですし、おそらく解答は沢山あって、その内のどれを選ぶかは、受け取り手次第なのだと思います。

答えが一つしかないとも限りませんし。

イラストを描いてくださったのは、篁《たかむら》ふみ様です。

もう美しいのなんの……大人な雰囲気と言いますか、上品さの中に漂うエロス……

当然何度も見返しますよね。舐めるように見つめました。『そうか……この二人があんなことやこんなことを……』と更なる妄想が広がりました。ありがとうございます。

いつも尋常じゃなくお忙しそうな担当様も、ありがとうございます。どうかお身体にお気をつけください。病気は勿論、怪我にも要注意です。

寒いと余計に、危険度が増す気がします。私は寒いと如実に運動機能が低下するので、温かい場所に行きたい。温泉にも行きたい。

冬はあらゆる意味で戦いです。

皆様もどうぞお気をつけくださいませ。

最近私の周りでは、人を転ばせる恐ろしいウイルス、転けフルエンザ（コケフル）が流行っているんですよ……症状は、坂道で転んだり階段から落ちたり、といったものです。私も罹患《りかん》して、膝がエライことになりました。

非常に危険です。くれぐれも足元に注意を払ってくださいませ。私も遅まきながら、気をつけます（泣）。

まぁ、私の怪我はともかく、デザインや校正、印刷等この本の完成までに携わってくださった全ての方々にも御礼申し上げます。いつもありがとうございます。

最後に、ここまで読んでくださった皆様に最大限の感謝を。

今回あとがきが恐怖の四ページもあるので、長々お付き合いくださり、ありがとうございました。

何だか間抜けな話しかしていない気もしますが、呆れないでくださいね。

またどこかでお会いできることを祈って！

本当に心からありがとうございます！　全方位に感謝！

Sonya
ソーニャ文庫

この本を読んでのご意見・ご感想をお待ちしております。

◆ あて先 ◆

〒101-0051
東京都千代田区神田神保町2-4-7 久月神田ビル
㈱イースト・プレス　ソーニャ文庫編集部
山野辺りり先生／篁ふみ先生

恋縛婚《れんばくこん》

2019年2月4日　第1刷発行

著　　者　山野辺《やまのべ》りり
イラスト　篁《たかむら》ふみ
装　　丁　imagejack.inc
D T P　松井和彌
編集・発行人　安本千恵子
発 行 所　株式会社イースト・プレス
〒101-0051
東京都千代田区神田神保町2-4-7 久月神田ビル
TEL 03-5213-4700　FAX 03-5213-4701
印 刷 所　中央精版印刷株式会社

ISBN 978-4-7816-9641-6
定価はカバーに表示してあります。

Sonya ソーニャ文庫の本

『**水底の花嫁**』 山野辺りり
イラスト DUO BRAND.

Sonya ソーニャ文庫の本

もう私が怖くないのか？

ある日を境に人が化け物に見えるようになったブランシュ。誰にも言い出せず、ずっと屋敷に引きこもっていたが、突然、結婚することに。相手は冷酷非道と噂の次期辺境伯シルヴァン。初めての夜、強引に抱かれ怯えるものの、その手つきはどこか優しく情熱的で……。

『愛を乞う異形』 山野辺りり

イラスト Ciel